LES CORPS SOLIDES

DU MÊME AUTEUR
—

ROMANS

Le Cul entre deux chaises. Delphine Montalant, 2002.
Nouvelle édition revue, BSN Press, 2014.

Banana Spleen. Delphine Montalant, 2006.
Nouvelle édition revue, BSN Press, 2018.

Remington. Fayard, 2008.

Lonely Betty. Finitude, 2010. (Grand Prix du roman noir français)

220 Volts. Fayard, 2011.

Trash Circus. Parigramme, 2012.

Misty. Baleine, 2013.

Aller simple pour Nomad Island. Seuil, 2014.

Derrière les panneaux, il y a des hommes. Finitude, 2015. (Grand
Prix de littérature policière)

Permis C. BSN Press, 2016. (Prix du roman des Romands)

Chaleur. Finitude, 2017. (Prix du polar romand)

La Soustraction des possibles. Finitude, 2020. (Prix Relay, Prix du
public RTS)

NOUVELLES

Dans le ciel des bars. Delphine Montalant, 2003.

Taxidermie. Finitude, 2005.

Les Poings. BSN Press, 2017.

JOSEPH INCARDONA

LES CORPS SOLIDES

FINITUDE

Photo de couverture : © DW-Pixel / Shutterstock

© éditions Finitude, 2022
ISBN 978-2-36339-166-7

«*Il ne faut jamais jouer à la
légère avec les contes de fées.*»
Bernard Moitessier

I

RÈGNE ANIMAL

« *C'est maintenant ou jamais.*
Dans la vie, c'est toujours
maintenant ou jamais. »

Rodolphe Barry

I. LA RONDE DES POULETS

Les phares de la camionnette éclairent la route en ligne droite. On pourrait les éteindre, on y verrait quand même, la lune jaune rend visibles les champs en jachère aussi loin que porte le regard. La nuit est américaine. La fenêtre côté conducteur est ouverte, il y a l'air doux d'un printemps en avance sur le calendrier.

De sa main libre, Anna tâtonne sur le siège passager et trouve son paquet de cigarettes. À la radio, une mélodie lente accompagne le voyage ; et quand je dis que la nuit est américaine, c'est qu'on pourrait s'y croire avec le blues, la Marlboro et l'illusion des grands espaces.

La cigarette à la bouche, Anna cherche maintenant son briquet. Elle se laisse aller à un sourire de dépit après la nouvelle perte sèche d'une journée avec si peu de clients. Demain, elle réchauffera le surplus de ses poulets et fera semblant de les avoir rôtis sur la place du marché. C'est comme ça qu'on étouffe ses principes, sous la pression d'une situation qui vous étrangle.

Qu'on étouffe tout court.

Sa tournée s'achève à nouveau sur un passif. Depuis le dernier scandale des volailles nourries aux farines animales bourrées d'hormones et d'antibiotiques, allez expliquer aux clients que votre fournisseur est un paysan local. Vraiment, Anna, tes fossettes et tes yeux noisette? T'as beau faire, même les jeans moulants et les seins que tu rehausses avec un *push-up* canaille sous le T-shirt ne peuvent concurrencer les images du 20 Heures, celles de batteries de poulets soi-disant labellisés «rouge» qui se révèlent des pharmacies ambulantes.

Alors, quoi? L'instant est paisible malgré tout. Parce que le soir, parce que cet air tiède dans tes cheveux; parce que le soleil a pris son temps pour se coucher sur la Terre et céder la place à la lune. Tout à l'heure, à la maison, une bière glacée dans ta main, l'accalmie de la nuit — une trêve, avant de reprendre la route demain.

Mais avant tout ça, céder à l'envie impérieuse de cette cigarette, l'appel du tabac dans les poumons, ce qui meurtrit et fait du bien : trouve ce que tu aimes et laisse-le te tuer.

Le briquet, lui, est introuvable. Anna se rabat sur l'allume-cigare, le truc qu'on ne pense même plus à utiliser, mal placé sur le tableau de bord. Elle entend finalement le déclic et se penche au moment où le sanglier surgit sur la gauche; l'animal est pris dans la lumière des phares, marque une hésitation. L'impact sourd évoque la coque d'une barque heurtant un rocher. Les semelles usées des baskets glissent sur les pédales, la camionnette fait une embardée et sort de route. À quatre-vingt-dix kilomètres-heure, le petit fossé latéral pas plus profond qu'un mètre fait pourtant bien des dégâts : le châssis du Renault Master et sa rôtissoire aménagée racle l'asphalte, ça fait des étincelles comme des allumettes de Bengale, la tôle se plie, le métal crisse, la double portière arrière s'ouvre à la volée et des dizaines de poulets sans tête se répandent sur la route.

Le fourgon s'immobilise.

Anna est assise de biais, la ceinture la retient et lacère son cou. Elle ressent une douleur vive à l'épaule. L'allume-cigare encore chaud roule par terre, tombe sur la chaussée par la portière qui s'est ouverte. Anna comprend, détache la ceinture et saute du camion. À peine le temps de s'éloigner en courant que le fourgon s'embrase, la ligne des flammes zigzague sur le bitume, mettant le feu aux poulets trempés d'essence, balises dans la nuit.

Alors qu'elle contemple le désastre, un souffle rauque la fait se retourner. Le sanglier gît sur le flanc, sa cage thoracique se soulève dans une respiration saccadée. Son œil noir et luisant la regarde tandis que son cœur se cramponne à la vie. *Ton camion brûle, mais c'est moi qui meurs.* Anna constate que c'est une laie qui doit peser ses quatre-vingts kilos, peut-être a-t-elle des petits quelque part. Elle devrait tenter quelque chose pour la sauver, mais il y a la peur et le dégoût que lui inspire l'animal blessé. La gueule de la laie semble s'étirer dans un sourire. Anna s'agenouille, pose une main sur son ventre comme pour l'apaiser, le poil est humide de sueur. La laie tente de la mordre, Anna s'écarte et s'éloigne de la bête.

Elle se rend compte alors que la cigarette jamais allumée est encore coincée entre ses lèvres.

C'est pas une bonne raison pour arrêter de fumer, Anna ?

Anna se tourne vers les flammes qui montent haut vers le ciel. Au loin, un gyrophare pointe dans sa direction. Elle est seule avec sa cigarette tordue entre les lèvres. Elle pense à ses affaires restées à l'intérieur : téléphone, clés, papiers.

Sur le flanc de la camionnette en train de se consumer, Anna peut encore lire ce qui faisait sa petite entreprise depuis cinq ans, le crédit à la consommation, les réveils à l'aube, les milliers de kilomètres parcourus ; elle lui avait choisi un joli nom un peu naïf, peint en lettres rouges sur fond blanc.

Et pendant un bon moment, ça avait marché :

La Ronde des Poulets.

*

Il a regardé la télé le plus longtemps possible — le Nokia à portée de main sur le canapé au cas où elle rappellerait, luttant contre le sommeil, laissant la lumière de la kitchenette allumée. Mais quand la voiture approche du bungalow, il se réveille en sursaut. La petite horloge au-dessus de l'évier indique minuit trente. Il éteint la télé et se précipite à l'extérieur. Son épaule heurte l'encadrement de la porte.

La fourgonnette de la gendarmerie s'arrête devant la pergola dont la charpente sommaire est recouverte d'une bâche en plastique verte.

« Maman ! »

Anna n'a pas encore refermé la portière, accuse le choc du corps de son fils contre le sien. Elle le serre dans ses bras, passe une main dans ses cheveux épais et noirs : « Tout va bien, Léo, tout va bien. »

Les deux gendarmes regardent la mère et le fils en silence. Le moteur de leur fourgon tourne au point mort, la lueur des phares éclaire la forêt de conifères dans le prolongement du bungalow. Anna semble se souvenir d'eux, se retourne.

«Merci de m'avoir ramenée.»

Celui qui est au volant la regarde avec insistance:

«Y a pas de quoi, on va en profiter pour faire une ronde dans le coin. N'oubliez pas d'aller chercher les formulaires à la préfecture pour refaire vos papiers.»

Le gendarme lui adresse un clin d'œil avant de s'éloigner en marche arrière, masquant sa convoitise par de la sollicitude. *Connard.*

Anna franchit le seuil du bungalow derrière son fils. Elle ne referme pas la porte, à quoi bon, le monde est toujours là, et l'intérieur sent le renfermé. Le garçon sort du frigo les deux sandwichs qu'il lui a préparés. Thon-mayonnaise, avec des tranches de pain de mie. Et une bière qu'il s'empresse de décapsuler. Il n'oublie pas la serviette en papier.

«Merci, mon lapin.»

Il n'aime plus trop le «mon lapin». Anna le sait, ça lui échappe encore. Pour une fois, Léo ne réplique pas. Il a 13 ans, le docteur dit qu'il est dans la moyenne de sa courbe de croissance. Mais, à force de se prendre en charge, il est devenu plus mûr que son âge. Cela n'empêche: elle voit bien qu'il a sommeil et fait un effort pour lui tenir compagnie.

«Hé, Léo. Tu peux aller te coucher, tu sais?

— Ça va, maman? Tu n'as rien, alors?

— Juste un peu mal à l'épaule, c'est supportable.

— Faudrait voir un médecin, non?

— Quelques cachets suffiront.

— Et *La Ronde des poulets*?

— Partie en fumée...»

Ça semble le réveiller tout à fait:

«Tu m'as rien dit!

— Je voulais pas t'inquiéter.

— Merde, maman.

— Pas de gros mots. L'assurance va nous aider de toute façon.

— C'est pas ça, tu aurais pu mourir brûlée!»

Léo la fixe maintenant comme si elle était une survivante. «Comment c'est arrivé?

— Un sanglier.

— Ah ouais?!

— J'ai ma bonne étoile, aussi.

— Sans blague.

— Le camion est dans le fossé, mais moi je suis vivante. La chance, c'est aussi quand on manque de pot.»

Anna mord dans son sandwich. Elle n'a pas faim, mais ne veut pas décevoir son fils qui a pensé à son dîner.

«Va te coucher, maintenant. On reparle de tout ça demain, d'accord?»

Ils s'embrassent et Léo referme la porte de sa chambre derrière lui. Elle hésite à lui rappeler de se brosser les dents, laisse tomber.

Anna sort sous la véranda, emportant la bouteille de bière et une petite boîte métallique qu'elle range dans le placard des disjoncteurs. La lune a passé son zénith. Les arbres grincent sous la brise comme les mâts d'un voilier, des aiguilles de pin s'accrochent à ses cheveux qu'elle retire d'un geste machinal.

Le transat vermoulu plie sous son poids. Anna ouvre la boîte, prend un des joints préparés à l'avance et l'allume. Après deux bouffées, son épaule va déjà mieux. Elle voudrait faire le vide dans sa tête, mais une montée d'angoisse grandit dans la nuit claire, une ombre capable de voiler l'éclat de la lune: si elle était morte dans cet accident, Léo aurait fini à l'Assistance. Il n'a personne d'autre qu'elle, et cette pensée suffit à l'écorcher vive. Son fils n'hériterait que de ce mobile home dont il reste à payer deux ans de crédit.

C'est-à-dire, rien.

Oui, tu as eu une sacrée veine, Anna.

Tu es vivante.

Elle tire une nouvelle bouffée de cette herbe qu'elle cultive dans un coin du potager. L'apaisement du corps arrive plus vite que celui de l'âme. En réalité, il nous manque la suite du précédent dialogue entre la mère et le fils, une sorte de *coda*. Ce qui la fait dériver vers une intuition anxiogène : au moment où elle ouvrait le placard pour prendre son herbe, Léo était ressorti de sa chambre et lui avait demandé ce qui se passerait maintenant.

« Je vais rester quelques semaines à la maison, le temps que l'assurance me rembourse et que je trouve un nouveau camion. »

Léo avait souri : « C'est pas si mal, je te verrai plus souvent. Encore une chance dans la malchance.

— Tout ira bien, mon lapin.

— Mon poulet, tu veux dire ! »

Les deux avaient ri.

Mais à présent qu'elle est seule sous la lune, la promesse faite à son fils a perdu de sa force.

Anna est moins confiante.

Anna doute.

Quelque chose lui dit que les emmerdes ne font que commencer.

2. POISSONS D'ARGENT

Le lendemain, dimanche, un vent d'autan récure le ciel des dernières scories de l'hiver. La lumière vive du jour nous permet de mieux voir le bungalow où vivent Anna et Léo, un de ces mobiles homes fournis en kit et posés sur des rondins. Bardage en vinyle, gouttières en plastique, toiture en goudron. Anna a ajouté une pergola et, dans le prolongement de la maisonnette, installé une remise et un auvent toilé où elle garait sa camionnette-rôtissoire. Le potager derrière l'étendoir à linge a été désherbé, prêt à recevoir ses semis.

Le bungalow est le dernier d'une trentaine disposés en lisière du camping municipal, là où le chemin sablonneux se termine en cul-de-sac. Seul un quart sont habités à l'année. On les reconnaît parce que ce sont les mieux aménagés et que, généralement, ils sont fleuris. Surfeurs, retraités et marginaux pour l'essentiel. Une clôture sépare les habitations du reste de la forêt qui s'étend sur des milliers d'hectares.

L'intérieur du mobile home est divisé en trois parties : aux extrémités, les deux chambres ; au centre, une mini-cuisine aménagée, un petit séjour et la salle de bains. Un peu plus de trente-cinq mètres carrés au total.

Assis sur le sofa en velours rouge usé, Léo jette un œil sur le calendrier des marées. Il se dit merde, ce serait trop con de ne pas y aller ce matin, et sort par la porte-fenêtre rejoindre sa mère dans le potager. Il se risque pieds nus sur le grépin, grimace à cause des aiguilles piquant sa peau.

Agenouillée, Anna creuse la terre avec une truelle. Ses cheveux longs agités par les rafales de vent masquent son visage.

«Tu plantes déjà des trucs ?

— Hein ? Non, je déterre.»

Un tas de terre grossit près d'elle au fur et à mesure qu'elle racle les entrailles du potager.

«Sauf que je ne sais pas si c'est exactement là, dit-elle.

— T'as caché un trésor ?», plaisante Léo.

Plusieurs monticules font penser qu'une taupe géante serait passée par là. Léo regarde autour de lui, heureusement le premier voisin vit dans la rangée suivante du lotissement. Aucun risque qu'il puisse voir que sa mère est barjo.

«Maman, le coefficient des marées est bon et le vent souffle de terre.

— Ouais, et alors ?

— Je pourrais aller surfer.»

Anna s'interrompt, ses bras sont couverts de terre noire et grasse jusqu'aux coudes. Elle regarde son fils.

«C'est le jour idéal pour débuter la saison», insiste Léo.

Anna se remet à creuser.

«Je pense pas que tu rentres dans ta combi de l'an passé.

— Pas grave si elle me serre. Et puis, j'ai pas dû grandir autant que ça.

— J'ai mal à l'épaule.

— À voir comme tu creuses, on dirait pas. Allez, on y va!

— J'ai pas la tête à ça.

— S'il te plaît, maman...»

Le bout de la pelle heurte quelque chose de dur. Anna sourit.

«Enfin! Je savais qu'il était là, putain!

— Maman... Mais qu'est-ce que t'as?

— J'ai plus de boulot, et toi tu me parles de surf.»

Anna sort de terre un pot fermé par un couvercle, le verre sale masque ce qu'il contient. Anna dégage ses cheveux du revers de la main, barbouille son front sans le vouloir. Elle plante sa truelle dans la terre et se dépêche de retourner au bungalow. Léo soupire et va chercher son matériel dans la remise.

Anna rince le pot sous le robinet de l'évier, l'essuie avec un torchon. Elle doit y mettre toute sa force pour réussir à l'ouvrir. Elle renverse son contenu sur le plan de travail. Les billets tombent par grappes silencieuses.

Léo revient à ce moment-là, vêtu de sa combinaison en néoprène.

«Regarde, tu vois qu'elle me va encore et... C'est quoi, ce fric?!

— Tu sais bien que je crois pas aux banques.

— Il y a combien?

— Deux mille trois cents euros exactement. De quoi payer mes poulets à Rodolphe et tenir en attendant les sous de l'assurance. C'est sûr qu'on mangera plutôt des pâtes que de la viande, mais bon, ça devrait le faire.

— On s'en fiche, j'adore ça. Et les sucres lents, c'est bon pour le sport, non?»

Anna examine son fils vêtu de sa combinaison intégrale qui remonte sur ses avant-bras et ses chevilles. Elle voit les épaules qui s'élargissent, l'ombre de moustache sur sa lèvre supérieure, le petit homme qu'il devient.

«Il est de combien le coef' déjà?

— Soixante-cinq.

— Et la période?

— Dix.

— Un vent *offshore*, tu dis?»

Il a un beau sourire, Léo, il faut le voir.

*

Léo a sorti sa planche de la remise — un modèle *fish* avec l'arrière en forme de queue de poisson —, l'a calée sur le support de son vieux *mountain bike*. Anna l'attend sur son vélo, et les deux se mettent en route. Léo a déroulé sa combinaison à la taille, son dos se réchauffe au soleil. Sous le T-shirt, Anna a enfilé son maillot pour son premier bain de l'année.

Ils descendent le chemin menant à la plage, cadenassent leurs vélos près du parking. La plupart des voitures sont celles de citadins venant à l'océan pendant le week-end. Les touristes ne sont pas encore là. De toute façon, il leur suffirait de pédaler un moment vers le nord, et ils trouveraient des *spots* déserts. Mais, à cette saison, pas besoin de se tracasser à vouloir s'isoler sur la centaine de kilomètres de plage à disposition.

Léo transporte sa planche sous le bras. Anna se charge du sac à dos contenant les serviettes-éponges et la bouteille d'eau. Ils remontent l'allée centrale menant aux caillebotis qui traversent les dunes. Les deux rangées de restaurants, bars et commerces, sont encore fermées. Le bruit court que certains ont fait faillite et ne rouvriront pas. Anna songe alors à sa situation et son visage s'assombrit ; elle ralentit le pas, laisse son fils prendre un peu d'avance pour ne pas qu'il perçoive son trouble.

Léo passe devant un groupe d'adolescents, certains ont leurs planches, d'autres pas. Il les salue, l'un d'eux lui fait un doigt d'honneur, et tous s'esclaffent. Léo baisse la tête et continue tout droit.

Anna passe à son tour devant eux.

« La moindre des choses serait de répondre quand on vous dit bonjour.

— Elle veut quoi la pétasse ? fait celui du doigt d'honneur.

— En plus de t'exprimer en langage des signes, je vois que t'as du vocabulaire. »

Les jeunes — ils sont quoi, cinq ou six et ont seize ans grand maximum — se taisent, surpris. Désormais, c'est entre le chef de meute et la pétasse que ça se joue. D'une certaine manière, ils sont contents d'être spectateurs, ça les occupe un moment dans ce dimanche à boire des bières et à s'emmerder.

Le garçon descend du muret, Anna ôte la bandoulière de son sac à dos de l'épaule, le pose par terre. Le garçon n'a pas trouvé mieux que d'aller vers elle, mais, vu qu'elle ne recule pas, il ne sait plus trop quoi faire. Il voit la détermination dans ses yeux, cet air farouche proche de la colère, la musculature sèche de ses bras, les veines saillantes. L'adolescent s'arrête face à elle. Le pas suivant serait une manifestation physique de violence, il hésite à s'engager sur cette voie.

«Viens, on y va», fait Léo qui est revenu sur ses pas. Il prend sa mère par le coude, Anna se dégage vivement. On ne sait pas qui est le plus surpris de Léo ou de l'adolescent aux cheveux décolorés et à la boucle d'oreille de turquoise.

Anna soutient le regard du garçon. Bien sûr, il ignore qu'elle a perdu son camion, qu'elle se retrouve dans une merde noire et qu'il lui suffirait d'une étincelle pour exploser.

«Pour qui tu te prends? demande Anna.

— Allez, laisse tomber, fait Léo. S'il te plaît...

— Pour un surfeur? insiste sa mère. Je te prends quand tu veux, petit con, d'accord?»

Le garçon s'empourpre, mais ne dit rien. Anna récupère son sac à dos sans le quitter des yeux avant de s'éloigner avec son fils.

Le silence dans leur dos, lorsque:

«T'inquiète, on t'aura sans ta grande sœur, la fiotte!»

Anna ne peut s'empêcher de sourire au compliment que l'ado lui adresse sans le savoir. Léo rigole moins.

«C'est qui ces idiots? lui demande sa mère. Je les ai jamais vus dans le coin.

— Des gars du collège. Des grands. Ils surfent un autre *spot* d'habitude, au nord.

— Comment s'appelle le guignol a qui j'ai eu affaire?

— J'en sais rien, ment Léo.

— S'il se passe quelque chose, tu me le dis?

— Je vais me débrouiller, répond Léo.

— Non, tu me le dis.»

Léo attend qu'ils soient hors de vue de la bande pour répliquer:

«T'es pas invincible, maman. Tu peux pas lutter contre tout, tout le temps. Et moi, je... je me débrouille, je te dis.

— C'est pas une question de se croire invincible, Léo. C'est une question de se faire respecter.

— Pourquoi tu l'as provoqué alors que tu n'es plus montée sur une planche depuis des années ?

— Comme ça, pour l'emmerder.

— Tu me fous la honte, maman.

— Le type t'insulte, tu ne dis rien et c'est moi qui te fous la honte ?! Faudra que tu m'expliques, Léo. Oui, faudra m'expliquer comment tu comptes te démerder dans la vie. »

3. LA REINE DES ABEILLES

La date est précise : le 25 mars de l'année en cours.

Le lieu est quelconque : la salle de réunion au neuvième et dernier étage d'un bâtiment administratif, anonyme et fonctionnel, en périphérie de la capitale.

Les présents sont au nombre de six : trois hommes et trois femmes, la parité est ainsi respectée. Le procès-verbal de la réunion est retranscrit en écriture inclusive. L'assistante chargée de cette tâche se tient en retrait du groupe ; elle n'a aucun pouvoir décisionnel, elle n'est qu'une exécutante, et d'ailleurs on ne sait pas son nom. Pourtant, d'un point de vue strictement biologique, dans ce lieu et à ce moment, le féminin l'emporte.

Ici, des femmes et des hommes. L'indispensable pour faire un monde. S'ils étaient les derniers spécimens humains, il leur suffirait de s'accoupler, et tout recommencerait. Mais l'espèce humaine pullule, approchant les huit milliards d'individus. Eux, ces hommes et ces femmes, tirent profit de cette abondance. Ils n'ont pas besoin de se reproduire. D'ailleurs, aucun d'eux n'a d'enfants, ce qui les rend invulnérables.

Mais, d'abord, l'inutile apparent, le socle de la réunion, son épicentre : la table.

Ronde.

Des gens réfléchissent à cela, en font des métiers, du temps est consacré à l'étude d'une forme en lien avec nos corps laborieux ; les champs d'investigation dans ce domaine ne cessent de se développer en psychologie et ergonomie du travail.

La relation entre l'objet, l'individu et sa fonction.

Le tout relié à la notion de rendement.

Intuitivement, à cheval entre le Ve et VIe siècle, le roi Arthur l'avait déjà compris : une table ronde, c'est plus efficace pour se réunir. D'ailleurs, les enquêtes en confirment les bienfaits :

Les participants abordent la réunion à niveau égal, ils sont proches les uns des autres, ils se regardent en face et sont moins disposés à affronter un conflit. La table circulaire génère moins de discussions et fait gagner du temps. Elle renforce le sentiment d'agrégation au groupe et d'appartenance à une cause commune.

Qui aurait cru que le communisme puisse ainsi ressurgir au sein d'une réunion de type libéral ?

Quant aux sièges, peu à dire : ergonomiques, soutenants, coque en acajou et assise en mousse de polyuréthane revêtue de cuir, pieds en acier laqué, *éco-design*, près de 1 000 euros pièce.

Autrement dit, la peau des fesses.

Celles de : Xavier Floriot (56 ans), CEO France (Chief of Executive Officer) du groupe Renault-Nissan-Mitsubishi ;

Jean de Laurençon (60 ans), Directeur général de France Télévisions ; Camille Mangin (49 ans), secrétaire d'État au bureau de la Transition écologique ; Anthony Jourdain (50 ans), CEO France du groupe JCDecaux ; Justine Crot, (52 ans), CEO France d'Endemol ; Mylène Labarque (31 ans), scénariste et conceptrice de jeux télévisés, indépendante.

On passe sur les étapes ayant permis cette réunion destinée à lancer le projet ; les détails financiers, techniques et juridiques, le nombre de clauses et d'addenda aux contrats, ainsi que la batterie d'avocats et de juristes nécessaire à cet accord entre sphères publiques et privées — le contenu d'un dossier à l'intersection de l'économie, de la politique et du divertissement. Ces mondes qui n'en font qu'un : le nôtre.

Non, le plus important est ce que dit Mylène Labarque de sa voix étonnamment fluette. Ses paroles porteront à conséquence, elles seront retenues par les milliers d'anonymes répondant à l'appel :

« Le jeu consiste à poser une main sur le véhicule. Le dernier concurrent qui lâche gagne la voiture. »

Il a fallu un peu plus d'un an et six personnes pour en arriver là, à ce simple postulat énoncé par Mylène Labarque de son timbre de souris. Deux doctorats HEC, trois masters en Sciences économiques et un diplôme du Conservatoire européen d'écriture audiovisuelle. Quelque chose approchant quarante années d'études mises bout à bout. Mais si on étend le nombre réel des équipes et des collaborateurs, des avocats et des juristes, on arrive à près d'un siècle de paperasses universitaires et de hautes écoles. C'est l'humanité qui finirait dans un alambic duquel il ressortirait l'essence de ce que nous sommes devenus : le jus incolore d'un grand jeu télévisé.

*

L'assistante anonyme prend momentanément congé du *pool*, chacun se recroqueville aussitôt sur son smartphone ; elle referme doucement la porte, personne n'a levé les yeux sur elle quand elle a quitté la pièce. Ses aisselles sont légèrement moites. Elle ignore si une quelconque odeur de transpiration émane du chemisier qu'elle porte sous l'élégant tailleur bleu marine. En revanche, elle sait que l'homme qu'elle fréquente depuis quelques semaines aime cette odeur quand ils font l'amour.

L'assistante traverse le long couloir, pousse la porte métallique de la sortie de secours. Elle gravit une série de marches extérieures menant à la terrasse sur le toit. Ses talons résonnent sur la structure en fer. Une brise tiède, surprenante pour la saison, lui vole un sourire pour elle-même. Ses cheveux longs brouillent son visage, elle s'arrange pour les nouer avec le stylo qu'elle sort de sa poche. Quand elle arrive à bonne distance des ruches, elle s'arrête et attend. Une mèche s'échappe du chignon improvisé et tombe sur son visage, elle la laisse là, en suspens sur ses lunettes cerclées de métal.

La silhouette dans sa combinaison d'apiculteur remarque sa présence et lui adresse un signe de la main. Avec des gestes mesurés, elle termine l'inspection d'un cadre et le replace dans la ruche avant de s'éloigner à pas lents des abeillers.

La silhouette ôte son voile, donne à voir des yeux bleu clair, des lèvres charnues. Une longue chevelure grise et soignée entoure un visage aux rides harmonieuses, son sourire met en confiance. La Reine des abeilles ôte ses gants. Les taches brunes sur ses mains sont régulièrement effacées par cryothérapie. Elle s'étire sous le soleil trop doux — un geste inattendu et qu'elle s'autorise en présence de sa subalterne —, un soleil de mars auquel on ne croit pas tout à fait avant le retour de bâton des saints de glace.

La Reine des abeilles sort un paquet de cigarettes de sous la combinaison de toile blanche, une fossette se creuse sur sa joue lorsqu'elle tire la première bouffée. Plus de trente-cinq millions de personnes ont voté pour ce visage séduisant, comme un rempart à la catastrophe.

Derrière elle, la tour Eiffel scintille sous les rayons d'un soleil oblique. Cette année, elle ne s'illuminera plus la nuit ; une politique d'austérité écologique prône la réduction des coûts énergétiques du pays.

La Reine des abeilles plisse les yeux et savoure. C'est une des trois cigarettes qu'elle s'accorde dans la journée. Elle laisse quelques secondes s'écouler avant de regarder son assistante :

« Avez-vous remarqué que la plupart des mots que nous utilisons aujourd'hui commencent par *re* ? Réduction, reconstruction, relance, reprise...

— Reconversion, restructuration, rénovation...

— C'est ça, approuve-t-elle en souriant. Recyclage, rémission... »

Les deux femmes rient. La sirène d'une ambulance vrille l'air, remonte jusqu'à elles et fait s'envoler une nuée de pigeons, interrompant le petit jeu des devinettes. Mais la question qui préoccupe la Reine des abeilles aurait de toute façon tronqué leur élan :

« Alors, Mélanie ?

— Ils se sont mis d'accord. L'option retenue est pour cet été, au mois de juillet.

— Tous les voyants sont au vert ?

— Oui, madame. Ce serait une opportunité pour notre pool télévisuel et...

— *Groupe*, Mélanie, je préfère le français.

— Oui, madame. La transition écologique pourrait même y trouver son compte.

« — C'est tout ?

— Il reste deux points sur lesquels vous devez trancher. Valéry Leroy demande à vous rencontrer *asap*.

— Le Roi Lion ?

— Lieu et jour à votre convenance. Il a fixé son délai à soixante-douze heures. Il demande juste à être prévenu dans les temps afin d'organiser son déplacement depuis Tokyo.

— Sinon ?

— Le projet se fera avec des partenaires privés.

— C'est une menace ?

— Cette rencontre ne vous engage à rien si ce n'est à tirer votre épingle du jeu. Le *je* dans le *jeu*, en quelque sorte.

— Vous faites du Lacan, Mélanie ?

— Excusez-moi, madame. La réunion a été longue.

— Je vais vous poser une dernière question, et vous me répondrez précisément : dans tout ça, quel est mon rôle ?

— Vous êtes l'abeille qui pique le lion. »

La Reine des abeilles plisse les yeux, regarde l'horizon, ces 367 734 kilomètres carrés de gouvernance dont on l'a chargée.

« Dites à Leroy qu'il peut faire chauffer les réacteurs de son Gulfstream. »

4. LES HYÈNES

« Vous pensez qu'on peut récupérer quelque chose ? demande Anna. Le grill, par exemple ? Les pompiers ont tout de même pu...

— Vous rigolez ? l'interrompt l'assureur. Encore heureux qu'on ne vous fasse pas payer les deux cents euros pour le transport à la casse. »

Le petit écriteau posé sur son bureau indique *Jérôme Mounir*. Épaules larges, yeux marron clair, grandes mains fines. Sa peau est celle d'un métis. L'assureur n'a pas trente ans et il est beau. C'est idiot, mais tout à coup, Anna se demande depuis quand elle n'a plus fait l'amour...

« Madame Loubère ?

— Oui ?

— Vous me suivez ?

— Oui, bien sûr, excusez-moi.

— Je disais que le dossier fourni par la gendarmerie mentionne que vous avez refusé le contrôle médical suite à votre accident. Pourquoi?

— Je... J'avais juste un peu mal à l'épaule, d'ailleurs c'est quasiment passé. J'ai juste un hématome, là», fait Anna en remontant la manche de son T-shirt.

Jérôme Mounir a déjà baissé les yeux, consulte son dossier, reprend:

«L'alcootest s'est révélé négatif, correct?

— D'ailleurs, je ne comprends pas pourquoi ils...

— C'est la procédure. Vous confirmez la négativité du test?

— Oui.

— J'ignore pourquoi on ne vous a pas fait aussi le test salivaire...

— Le test salivaire?

— Pour le cannabis.»

Dans la tête d'Anna, un doute commence à poindre. Mais c'est une hypothèse qu'elle ne veut pas envisager.

«Vous comprenez, reprend l'assureur. Un accident le soir sur une route parfaitement droite et sèche, avec une visibilité de huit sur dix, sans autres véhicules impliqués, ça pose question quant à votre capacité d'attention...

— Un sanglier n'est pas une raison suffisante? demande Anna d'un ton sec.

— Je fais mon métier, madame Loubère. On voit tellement de margoulins, vous savez? Je dis simplement que votre temps de réaction, outre la fatigue, a pu être altéré par la prise d'un psychotrope. Répétez-moi le déroulé de votre journée, s'il vous plaît.»

Anna soupire, son malaise s'amplifie, elle reprend ce qu'elle a déjà dit aux gendarmes. Sa matinée sur un marché de village, une pause déjeuner avant de rejoindre un quartier pavillonnaire en milieu d'après-midi...

« Où je m'arrête d'habitude entre 17 et 20 heures, sauf que personne ne m'a rien acheté ce soir-là.

— Comment va votre commerce?

— Moyen. Plutôt mal, en fait.

— Je vois. »

De son côté, elle ne voit pas trop, non. Anna veut simplement être rassurée, raison essentielle pour laquelle elle est venue ici, ce lundi matin.

« Vous pensez me rembourser quand? questionne-t-elle.

— Pardon?

— Le remboursement de mon camion.

— Le remboursement?

— Vous êtes bien assureur? »

Jérôme Mounir esquisse un sourire condescendant.

« Il s'agit d'abord d'évaluer la valeur de votre véhicule. Je vais vous demander de remplir un certain nombre de documents nécessaires à la procédure. Mais ne vous attendez pas à un remboursement à cent pour cent de l'estimation, loin de là.

— Combien?

— Houla! On n'en est pas encore là, non plus. Il nous faut d'abord déterminer exactement votre part de responsabilité dans l'accident. Ensuite seulement, nous pourrons envisager certains calculs. Quoi qu'il en soit, ça va prendre du temps.

— Vous pensez que j'aurais pu brûler mon camion pour toucher l'assurance? J'aurais mis exprès un sanglier sur la route?

— Je n'insinue rien de tel, même si on voit de tout, vous savez. À ce propos, je vous demanderai de vous rendre dans un laboratoire pour un test d'urine.

— Un test d'urine?

— Cela nous permettra d'établir si vous consommez du

cannabis. La consommation de drogues, même dites «douces» est incompatible avec la conduite dans les heures, voire les jours qui suivent. Et vu les circonstances de l'accident, il y a des raisons plausibles de soupçonner l'usage de stupéfiants.»

Jérôme Mounir est très beau, c'est un fait. Mais derrière son masque avenant, apparaît toute la laideur de l'homme.

«C'est quoi, c'est ma tête qui vous fait dire ça?

— Madame Loubère, si vous consommez du cannabis ou quoi que ce soit d'autre d'illégal, le mieux est encore de me le dire maintenant, ça nous évitera des frais de laboratoire et de la paperasse. Le THC est détectable jusqu'à sept jours après absorption. Bien plus longtemps si votre consommation est régulière.»

Anna se souvient du joint fumé la nuit après l'accident. Elle n'aurait jamais pensé s'enfoncer autant dans les emmerdes au moment même où elle y songeait.

«L'article 16, alinéa 3, continue l'assureur, stipule qu'en cas de suspicion légitime, l'assureur peut demander à l'assuré de se soumettre à...

— C'est une blague? Personne ne lit un contrat en entier. Et si je refuse? Parce que je peux refuser, n'est-ce pas?

— Dans ce cas, ce sera du ressort de notre service juridique. Vous verrez ça avec eux.

— Écoutez, monsieur Mounir, j'étais parfaitement lucide, juste un peu fatiguée par la journée, ce sanglier a déboulé et voilà. Ça ne s'est pas passé autrement. Laissez tomber cette histoire de test.

— Si vous n'avez rien à vous reprocher, je ne vois pas où est le problème.

— Et une voiture de prêt? Est-ce que vous fournissez ça dans vos prestations? C'est galère de me déplacer depuis là où j'habite.

34

— Madame Loubère, je suis en train de vous...

— De me parler d'urine, je sais. Alors, la voiture de prêt ?

— Je... Ce n'est pas prévu dans votre contrat, non. D'ailleurs, vous êtes au minimum des prestations.

— Je m'en doutais. Sous quelle forme se présente le test ?

« Heu, eh bien, pareil que celui de grossesse. On pourrait même le faire ici, ça vous prendrait cinq minutes, sauf qu'il nous faut la validation d'un laboratoire.

— C'est sous forme d'une tige à imbiber ?

— C'est ça. » Il a déjà une main sur le téléphone, ses doigts s'agitent. « Je fixe un rendez-vous avec le labo ? »

Le regard d'Anna dérape vers un souvenir : la première trace tangible de Léo apparaissant dans ce double trait rose sur une barrette Clearblue.

« Alors ? » demande l'assureur.

Le sourire demeure un instant sur le visage d'Anna, la trace fugace d'un enfant voulu avec l'homme qu'elle aimait. À présent, elle regarde Jérôme Mounir.

Anna se lance :

« Écoutez, je fume de temps en temps. Mais jamais quand je travaille ni quand je prends la route, je ne suis pas idiote. S'il vous plaît, laissez tomber ce truc. Si je m'y soumets, je n'aurai aucune chance de passer à travers, vous comprenez ? »

Jérôme Mounir hésite, Anna fonce dans la brèche :

« Vous avez des enfants, monsieur ?

— Oui, je... Deux... Une fille et un garçon.

— Moi, j'ai un fils, il a 13 ans. J'ai besoin d'un nouveau camion. »

L'assureur jette un œil embarrassé sur ses documents. On dirait qu'il cherche à prendre courage, choisit la fuite. Lorsqu'il relève la tête, son regard est vide.

« Si je laisse passer ça, c'est moi qui prends. Et je prends cher.

35

Je ne peux pas, je ne peux vraiment pas, ce n'est pas moi qui décide, vous savez?»

On en est arrivé là?

On en est arrivé là.

Quand est-ce que ça a commencé exactement? À partir de quand le monde s'est-il complexifié au détriment des individus? Depuis quand la procédure et la bureaucratie ont pris le dessus sur le bon sens?

Personne n'est responsable, personne n'y peut rien.

Anna se lève. La chaise couine sur le sol en linoléum.

Qu'est-ce qu'il te reste, Anna?

La vulgarité et la colère.

«Vous pouvez vous foutre votre tige dans le cul, Jérôme.»

*

Dans la rue, Anna remonte la capuche de sa veste de surplus militaire. Voilà que la pluie s'y met aussi. Bien sûr, elle aurait dû se contenir, prendre le temps de la réflexion au lieu de céder à l'impulsion. Maintenant, tout est par terre et sans espoir.

Perdue dans ses pensées, elle a traversé le parc sans même s'en rendre compte, rejoignant le quartier administratif. Approchant des bureaux de la préfecture, elle constate la présence de CRS dans les rues. Les sirènes beuglent. Une sorte de tumulte approche, amplifié par le béton qui l'entoure.

Anna voudrait simplement entrer dans le bâtiment, prendre un ticket et attendre qu'on l'appelle pour demander à refaire ses papiers. Mais derrière les portes coulissantes, une femme entre deux âges s'agite pour lui faire comprendre que c'est fermé, avant de disparaître au fond du hall.

Anna se retourne, comprend, mais il est trop tard. D'un

côté déboulent des centaines de manifestants, de l'autre, un double cordon de CRS se met en position au pas de course.

Un premier cocktail Molotov est lancé contre les policiers, la bouteille éclate une dizaine de mètres devant elle, éparpillant le feu sur la chaussée. Anna recule, cherche une issue. Une série de grenades lacrymogènes est aussitôt envoyée en direction des manifestants qui se dispersent pour mieux se regrouper dans cette allée piétonne soudain transformée en zone de guerre.

Où aller ?

Quel camp choisir, Anna ?

Les circonstances ne lui laissent pas de latitude. Avec sa veste du surplus militaire, courir vers les gendarmes serait une provocation. Elle n'appartient à aucun camp, mais encore moins à celui-là. Anna se laisse happer par la meute des manifestants qui l'investit, hurle, casse, brise et tord : voitures, vitrines, scooters, tout ce qu'elle trouve sur son passage. Longeant les murs, Anna remonte la horde à contre-courant, se protégeant le nez et la bouche du gaz lacrymogène à travers le col de son T-shirt. Anna est dans le brouillard, elle manque de se faire renverser par un groupe encapuchonné qui court à toute blinde, un coup d'épaule la pousse contre un mur, douleur vive à la hanche, elle se ressaisit, continue. Ça hurle, ça insulte, ça gueule, mais on n'entend pas de slogans, on ne voit aucune banderole d'un quelconque syndicat. Les gars sont soit des « racailles » en survêtement, visage masqué par un foulard, soit des types en noir, façon bombers et cagoule. Ils sont armés de battes de baseball, de barres à mine, de frondes, de boules de pétanque. Black blocs, jeunes des cités, vandales pillant et saccageant en marge des manifs. Des types démolissent une vitrine de téléphonie mobile et se répandent dans le magasin, prenant tout ce qu'ils peuvent. Anna hésite, se souvient qu'elle a perdu son téléphone dans l'accident. Elle entre à son tour, saisit deux smartphones au hasard. Un type se fige et l'observe derrière son masque de « La casa de Papel » à l'effigie de Dalí. Elle sent ses yeux sur elle, deux billes de verre qui la fixent. Anna réalise tout à coup qu'elle est la seule femme parmi les émeutiers, soudain sa peur devient plus vaste, celle de la crainte des mâles et de la horde. Anna empoche les téléphones et se sauve.

Elle court, Anna. Elle remonte les cris, les bruits de sirènes, le fatras de ce grand bordel qui n'est pas une révolution, au mieux des éclats, les soubresauts d'une humanité luttant pour un iPhone et son compte Instagram.

*

Et toi, Léo ? Comment vas-tu pendant ce temps ? Cette histoire de camion parti en fumée, ta mère qui t'a dit ce matin qu'elle irait régler tout ça. Mais son regard n'a pas su mentir et tu as perçu sa frayeur.

Aujourd'hui, la vie est lourde à porter, Léo. Si ton père était là, tu te sentirais plus fort, ce serait plus facile. Mais il n'est qu'une abstraction sur des photos décolorées. Il n'y a plus que vous deux, la mère et le fils ou l'inverse, parfois tu te demandes qui a le plus besoin de l'autre. Il n'y a jamais eu que vous deux.

Au collège, la journée s'est traînée d'un cours au suivant. L'ennui se superposant à l'inquiétude. Et maintenant, les portes du car se referment sur un dernier passager montant à bord. C'est l'heure du retour et du chemin à rebours, la journée touche à sa fin. Mais pas vraiment, pas tout à fait.

Kevin remonte le couloir entre les sièges et aperçoit Léo

assis au fond, bien qu'il ait essayé de se faire tout petit. Léo feint de regarder le paysage composé de maisonnettes mitoyennes, de zones commerciales aux hangars préfabriqués et imbibés de pluie. En réalité, il n'y a pas moyen de disparaître ni de foutre le camp.

Dès que le petit caïd s'approche, les deux élèves assis près de Léo se lèvent spontanément et lui cèdent la place. Kevin est seul, sans sa bande, mais la vie est quand même un fardeau, la vie est parfois effrayante.

«Voilà notre petit surfeur», fait Kevin en coinçant définitivement Léo contre la vitre.

Il a l'air satisfait, presque heureux d'avoir trouvé Léo assis là comme un chiffon. Une journée morose ayant enfin trouvé son sens : Kevin est sur terre pour emmerder Léo Loubère.

Kevin lui passe un bras autour des épaules. Plusieurs élèves se sont retournés, à genoux sur leurs sièges ou se tiennent debout dans le couloir, et les regardent.

«Léo, c'est mon grand copain», leur dit-il en souriant. Il fait mine de regarder autour de lui : «Au fait, elle est pas là, ta sœur?»

Léo essaie de se dégager, mais l'adolescent est plus costaud que lui, il serre sa clavicule, lui arrachant une mimique de douleur. Léo articule tant bien que mal : «C'est ma mère.» Il ne sait pas pourquoi il a dit ça, c'est con parce que ça donne l'occasion à Kevin de devenir très vulgaire.

«Elle est bonne ta mère, tu crois qu'elle me sucerait avec les copains?»

Léo lui donne un coup de coude dans le ventre, mais c'est comme frapper une plaque de bois. Kevin referme la prise de son bras autour du cou de Léo qui se sent étouffer, sa force est impressionnante. Il doit passer pas mal d'heures à ramer couché sur sa planche, le con.

«Écoute-moi bien, petit surfeur de mes deux. T'as de la chance que la pluie me mette de bonne humeur... J'ai décidé que je ne te ferais pas *vraiment* mal, mais seulement un peu, tu comprends? T'as du fric? *T'as du fric?*» répète Kevin en serrant davantage le cou de Léo.

Léo sort comme il peut le billet de sa poche.

«Qu'est-ce qui se passe?!» hurle soudain le chauffeur du bus. Une partie de son visage bouffi apparaît dans le rétro-viseur avant. «Asseyez-vous, nom de Dieu!»

Les élèves obéissent.

«Larrieu! gueule encore le chauffeur en voyant Kevin retenir Léo. Si tu fais chier dans mon car, je te fais descendre à coups de pied au cul!

— C'est rien, monsieur, répond Kevin, je discute avec mon copain.

— Larrieu, tu viens t'asseoir ici, sinon je te jure que tu rentres à pied!»

Kevin relâche son étreinte, Léo se met à tousser.

«À bientôt, mon petit surfeur à maman.»

Léo reprend son souffle tandis que Kevin s'éloigne en empochant le billet de dix. Il s'adresse aux garçons et filles qui l'observent. «Vous avez quoi à regarder, bordel?!»

Tous regardent aussitôt ailleurs.

Kevin prend son temps. Le chauffeur attend qu'il soit assis avant de démarrer.

Il suffit de peu.

Un seul élément pour faire chier le monde.

*

Léo arrive au bungalow, sa mère fait cuire des crêpes en buvant une bière. Une cigarette brûle dans le cendrier. La porte-fenêtre est ouverte, les gouttes d'eau crépitent sur le toit en plastique de la terrasse. Malgré la pluie persistante, la température reste douce. Léo est trempé, Anna lui fait un bisou sur sa joue humide.

«J'ai acheté du Coca», annonce-t-elle.

Le visage de Léo s'adoucit :

«L'assurance te rembourse ?

— C'est en bonne voie», répond Anna. Elle saisit la cigarette dans le cendrier, baisse les yeux pour ne pas devoir soutenir le regard de son fils.

«Dépêche-toi de faire tes devoirs, j'ai faim !

— S'il y a aussi du Nutella, tu peux compter sur moi.»

Léo joue le jeu de la bonne humeur feinte, se rend dans sa chambre où parfois il se cogne tellement elle est exiguë. Anna retourne la galette dans la poêle. Ses yeux brûlent encore, rougis par les lacrymogènes. Elle met la dernière crêpe sur les précédentes, éteint la plaque de cuisson et entasse les ustensiles sales dans l'évier. Elle enfile sa veste, prend la petite boîte dans le placard et crie à la cantonade :

«Léo ? Je vais au tabac du camping.»

Elle sort presque en courant, tête nue sous la pluie fine.

Anna a besoin d'un sursis pour affronter la soirée.

Anna étouffe.

Les arbres d'une forêt sont une réponse possible au sentiment d'oppression. L'odeur des conifères lénifie, leur résine se mêle à celle du chanvre ; Anna en est encore là, inspirant sur son joint comme une ado, ne trouvant pas de meilleur moyen pour adoucir la réalité et faire semblant que tout va bien.

Quand elle revient une demi-heure plus tard, Léo a mis la table, sorti les ingrédients pour les crêpes, jambon, fromage et Nutella, et lit un livre emprunté à la bibliothèque de l'école. La télé portative est allumée sur le JT qui passe les images des heurts entre CRS et manifestants en marge du défilé syndical. Anna se dépêche d'éteindre.

«Soit tu lis, soit tu regardes la télé.

— Je peux faire les deux. Dis, t'as vu la manif'? Ils ont détruit la préfecture, il paraît.

— J'ai même pas pu y aller, le périmètre était bouclé.

— Encore heureux, on aurait pu te tabasser.

— Tes devoirs? demande sa mère en ôtant sa veste lourde de pluie.

— Il me reste deux chapitres de lecture...

— Fais voir?»

Léo lui montre la couverture: *Vipère au poing*.

(*Grand-mère mourut. Ma mère parut. Et ce récit devient drame*).

«Vous lisez encore ça? s'étonne Anna. Si ça se trouve, c'est le même exemplaire que celui que j'avais à l'époque... Bon, je me sèche et j'arrive.»

Dans la petite salle de bains, elle s'essuie les cheveux avec une serviette. Elle se lave les mains, se brosse les dents. Elle sait pourtant que Léo sentira l'odeur du cannabis mais ne dira rien.

Léo pose son livre, sort les crêpes qu'il a mises à réchauffer dans le micro-ondes.

«Qu'est-ce que t'as sur le cou? lui demande Anna en voyant la trace rouge qui descend de l'oreille à la pomme d'Adam.

— Rien. En jouant au foot, en sport.

— Depuis quand t'aimes le foot, toi?»

Léo hausse les épaules.

«Tu viens manger, maman?»

Anna prend une nouvelle bière dans le frigo et s'assied face à Léo. La marijuana l'a détendue et lui a ouvert l'appétit.

«Alors, il a dit quoi l'assureur? lui demande son fils.

— J'ai de la paperasse à remplir, des tas de feuilles à signer et puis ça va suivre son cours...»

Anna s'essuie les mains avec la serviette en papier.

«J'ai une surprise. Ferme les yeux Léo.»

Léo s'interrompt de manger: «Quoi?

— Ferme les yeux, je te dis.»

Quand il les rouvre, Léo trouve deux smartphones posés sur sa serviette.

«Tu choisis celui que tu préfères.

— Mais... t'es folle!

— J'ai perdu le mien dans l'incendie. Et je me dis que maintenant t'es assez grand pour en avoir un. Ça changera du vieux Nokia!

— Oui, bien sûr, mais... c'est trop, maman.

— Ça va surtout nous faciliter la vie à tous les deux.»

Léo regarde les appareils, sa mère qui lui sourit.

«Où est-ce que t'as trouvé les sous? Et puis, elles sont où les boîtes?

— Quelles boîtes?

— Ben, celles des téléphones. Avec le mode d'emploi et le chargeur, les boîtes, quoi...

— C'est un client qui me les a vendus, ils sont d'occasion. Il a un magasin de télécoms, ce sont des modèles d'exposition.

— Des trucs aussi performants? Sérieux?

— Je vais nous prendre deux abonnements. Et trouver des chargeurs... Ça va, Léo, on dirait que ça te fait pas plaisir?»

Le garçon pose sa fourchette.

«Tu sais, maman, t'étais pas obligée...

— Comme ça, je saurai où tu es.

— Ne t'inquiète pas pour moi.

— Mais bien sûr que je m'inquiète, ce ne serait pas possible autrement.

— Je vais bien, je t'assure. Je m'en fous du téléphone. Je veux que tu sois bien sans avoir besoin de fumer en cachette.»

Anna repousse son assiette, se redresse sur sa chaise. Elle ne trouve rien à lui répondre, c'est affreux, elle ne trouve absolument rien à dire. Léo lui pose alors cette question à la fois simple et terrible.

«Qu'est-ce que tu veux, maman?»

Elle lève les yeux et le regarde.

«Dans la vie, qu'est-ce que tu veux pour toi?»

Léo a les yeux noirs et la peau mate de son père. Si on lui mettait une capuche et on le voyait cracher par terre, on pourrait penser que c'est un de ces voyous. En réalité, c'est l'enfant le plus doux du monde, il n'y a aucune méchanceté en lui. Lors des concours de surf, elle doit le motiver tant l'idée de compétition lui est étrangère. Et ce garçon-là est son fils. Et son fils lui demande pourquoi elle est tendue la plupart du temps, pourquoi ces plis d'amertume apparaissent aux coins de sa bouche. Pourquoi elle est incapable de se laisser aller à vivre pleinement, comme quand on marche avec sa planche sous le bras, que les pieds s'enfoncent dans le sable et que l'horizon est l'éternité.

Ce n'est pas la meilleure réponse, mais c'est la seule qu'elle peut lui donner, une réponse honnête.

«J'ai tout perdu. Le camion, mon affaire. Tout. Et ces téléphones, Léo, je les ai volés.»

5. LE ROI LION

Valéry Leroy n'a pas de cou.
C'est-à-dire que sa tête ne fait qu'un avec le tronc. Il a une légère bosse, aussi. Leroy mesure un mètre cinquante-neuf. D'aucuns l'appellent « le Gnome ».
Grave erreur.
Valéry Leroy est un tueur.
Dans le milieu des affaires, on le surnomme plutôt le « Roi lion ».
Et ça, il l'assume sans problème. Ça lui plaît. Même s'il doit se mettre sur la pointe des pieds pour apercevoir la rade de Genève depuis le *rooftop* de l'hôtel Métropole.
Aucune des personnes qui le connaissent ne songerait à en rire : P.-D.G. de Renault-Nissan-Mitsubishi. 2,95 millions de véhicules écoulés l'année dernière, 57,5 milliards de chiffres d'affaires. 170 000 employés disséminés dans le monde.

Kill me please.

Face à lui — ou, plutôt, à côté de lui regardant le Jet d'eau et son panache de gouttelettes en suspension —, la Reine des abeilles à la tête d'un État de 67,39 millions d'habitants.

Qui a le pouvoir?

On verra ça tout à l'heure.

Le dernier étage a été sécurisé. Les gardes du corps sont disséminés dans l'hôtel. Le Roi lion et la Reine des abeilles sont venus là avec un maximum de discrétion. Limousines sombres et vitres teintées. Chacun repartira dans la journée incognito. Celle qui a tout à perdre de cette entrevue, on la connaît. Et c'est déjà un à zéro sur le plan des relations de pouvoir.

«Genève, c'est très bien, fait le Roi lion d'une voix suave. Excellent choix. J'aurais fait le même. Un premier point de convergence.»

La Reine des abeilles ne répond pas. D'ailleurs, le maître d'hôtel les invite à s'asseoir à l'intérieur où on leur propose un apéritif, mais tous deux se limitent à un Perrier.

Second et dernier point de convergence.

On les laisse seuls dans l'espace de 350 mètres carrés privatisé. Aucune oreille indiscrète. La Reine des abeilles a même fait procéder à une fouille minutieuse par deux agents, pas de micros et aucun pot de fleurs sur la table.

Lisse.

Épuré.

Le Roi lion entame tout de go:

«Je veux l'accès à vos médias, à tous ceux du service public. Télévisions, radios, ainsi que leurs sites internet. Par accès, j'entends les émissions aux heures de grande écoute et la publicité. Je veux également le soutien des journaux.»

La Reine des abeilles voudrait pouvoir le regarder de haut

et le traiter d'avorton, mais c'est elle qui se sent laide, une vieille prostituée qu'on vient voir en fin de nuit parce qu'elle vous fait un prix. Elle n'a même pas besoin de demander pourquoi, la réponse arrive comme par télépathie.

« Parce que cette émission doit relancer notre marque, enchaîne le Roi lion. On a perdu 27 % de chiffre d'affaires depuis l'an dernier. Et les perspectives ne sont pas bonnes pour le deuxième trimestre, elles chutent encore. Nous avons un marché intérieur à reconquérir, et l'âme du pays, ce ne sont pas les grandes villes, mais les zones rurales, les petits centres délaissés, les villages, les agglomérations de moindre importance.

— C'est votre nouvelle stratégie ?

— Et c'est là que vous intervenez. Pour y parvenir, il nous faut de la capillarité, la confiance de votre service public afin de pénétrer ces territoires... Votre journaliste, là, si belle...

— Marie-Ève Langhieri...

— Voilà, ce sont ses yeux, sa bouche, sa façon de regarder les téléspectateurs... Cette *proximité*, vous comprenez ? Il nous faut cette proximité.

— D'où l'idée de ce jeu absurde.

— Détrompez-vous : le jeu le plus génial qui soit, le plus accessible au plus grand nombre. La quintessence de l'égalité.

— Mais pas de la fraternité.

— On s'en fout.

— Pas moi.

— Bien sûr. »

Le Roi lion sourit. La Reine des abeilles pas.

« Le modèle choisi pour le jeu sera l'Alaskan Iceberg Diesel, la pointe de nos pick-up tout-terrain. Il est censé concurrencer l'Amarok de Volkswagen, et sur ce terrain-là, sans jeu de mots, nous avons pris du retard... »

Les doubles vitrages étouffent le bruit de circulation. La salle du restaurant apparaît soudain désolée malgré l'élégance de sa décoration. Elle a envie de pleurer, la Reine des abeilles. Rentre-lui un peu dans le lard, même si c'est peine perdue :

« La transition écologique était le cheval de bataille de mon élection et vous me demandez de soutenir un concours où l'on remporte un 4x4 hyperpolluant, c'est ça ?

— C'est exactement ça, oui.

— Et un modèle électrique, ça ne vous a pas effleuré l'esprit ?

— Vous voyez un smicard brancher sa voiture à la prise de son T3, vous ?

— Nous avons prévu un maillage des bornes électriques sur dix ans.

— Dix ans ! La crise, c'est maintenant. Les nouvelles technologies de forage nous permettront d'avoir du pétrole encore pour un bon siècle. Et ces technologies, vous les financez, que je sache.

— Je dois mener à terme les programmes sur les énergies fossiles entérinés par mes prédécesseurs, ce n'est pas mon choix.

— Et moi, je vous dis qu'il y a de la place pour tous les deux. Vous vous occupez de vos bobos et moi de mes prolos. Peu importe si nous apparaissons comme les méchants pollueurs aux yeux d'une certaine frange de la population. Il s'agit de relancer le prestige du groupe, d'éveiller le sentiment d'appartenance au pays. Une fierté nationale par la marque qui est la promesse d'une production accrue et d'emplois à créer... Je n'ai pas besoin de vous faire un tableau des bénéfices que vous pourrez en tirer. C'est une stratégie *win-win*, gagnant-gagnant.

— Je parle anglais, merci.

— Alors ? »

La Reine des abeilles soutient son regard.

«Vous avez fait douze mille kilomètres pour me dire que je n'ai pas le choix ? Ça fait cher en bilan carbone.»

Le Roi lion soupire, passe ses deux mains — étonnamment larges pour sa stature miniature — sur les plis impeccables de son pantalon. Il semble absolument, réellement désolé de devoir en arriver là.

Sa voix se fait plus douce :

«Nous employons quarante-sept mille neuf cent soixante-dix-huit salariés dans le pays. Il suffit d'en délocaliser la moitié. Vous êtes prête à assumer vingt-cinq mille chômeurs et leurs familles ? Vous leur direz quoi ? Vous leur parlerez de transition écologique et de vélos cargos ?»

La Reine des abeilles donne l'impression de réfléchir. En réalité, elle n'a fait que retarder l'inéluctable :

«Nous ne déjeunerons pas ensemble, monsieur Leroy.

— C'est votre dernier mot ?

— On vous soutiendra, mais pas officiellement.

— Alléluia.

— Je veux un droit de véto sur les participants.

— C'est tout ?

— C'est bien tout ce qu'il me reste, n'est-ce pas ? Je voudrais vous l'entendre dire, monsieur Leroy.

— Oui.

— Oui qui ?

— Oui, Madame la Présidente. C'est tout ce qu'il vous reste.»

On obtient les victoires qu'on peut.

Et déjà, il faudrait voir plus loin.

Ce que fait la Reine des abeilles.

6. LES INSÉPARABLES

Sur un paysage de zone d'activités en bordure de rocade, il pleut un crachin d'automne au printemps. Enseignes, hangars, parkings, ronds-points. Des panneaux indicateurs comme autant de destinations commerciales. Darty, Halle aux chaussures, Gifi, Carrefour, Leroy Merlin, Flunch... Édifices de tôle où le préfabriqué est l'écrin des désirs à renouveler. Et, entre deux clôtures, le parc automobile d'un concessionnaire de véhicules d'occasion. Sur les pare-brise sont inscrits les prix au marqueur blanc, Anna fait des calculs et les résultats la ramènent à la case départ comme autant d'encoches sur sa poisse.

Emmitouflée dans sa veste, capuchon relevé et mains dans les poches, elle arpente le parking boueux, évitant les flaques d'eau. Chacun de ces chiffres évoque le gouffre qui la sépare du réel, tout ce qu'elle ne peut s'offrir. Surtout quand elle s'arrête devant le camion-rôtisserie en moins bon état que le sien et bien plus cher que ce qu'il vaut.

« Bonjour, c'est vous qui avez appelé ? »

Anna n'a pas entendu l'homme approcher. Il y a les rafales de vent, le bruit des gouttes de pluie sur sa capuche. Elle se retourne, et il ressemble à sa voix : fluet, le teint jaune sous l'énorme parapluie violet sur lequel on peut lire *Richard Occasions*. « C'est pas la journée idéale pour essayer des voitures, hein ? »

Anna sait déjà que c'est foutu, qu'elle ne réussira pas à convaincre ce type de baisser le prix et d'échelonner le paiement. C'est l'absence de lueur dans ses yeux qui lui fait penser ça, l'indifférence qu'il dégage, ni libidineux, ni empathique. Aucune prise sur laquelle elle pourrait faire levier.

« Je peux monter ?

— C'est ouvert, allez-y. »

Anna grimpe dans l'habitacle du Fiat Ducato. Odeur de graillon et de moisi, le tissu des sièges beige est moucheté de taches sombres. Elle referme la portière pour ne pas se mouiller davantage, ne met pas sa ceinture de sécurité, elle n'ira nulle part. Le compteur indique 105 000 kilomètres, elle sait que c'est du pipeau, le camion en totalise sûrement le double, elle pourrait se faire une idée rien qu'en écoutant tourner le moteur. Elle avait travaillé chez un fleuriste, puis comme caissière chez Auchan, mais prendre la route pour vendre ses poulets l'avait fait se sentir presque libre. Un komboloï pend du rétroviseur, Anna touche les petites perles de bois, regarde les capots des voitures immobiles déformées par les gouttes d'eau par-delà le pare-brise, et ce chiffre à l'envers 000 81.

Anna redescend de l'habitacle, pose doucement le pied pour ne pas faire gicler de la boue sur le bas de son pantalon.

« De quelle année ?

— 2009. Le précédent propriétaire était un grec, dit le vendeur. Il faisait des kebabs et des pitas.

— Je peux voir le reste?

— Bien sûr. Tenez-moi ça, s'il vous plaît. »

Anna saisit le manche moite du parapluie. Le vendeur ouvre le volet latéral qui grince, le fixe à l'horizontale au moyen d'une tige. Ils sont maintenant tous les deux protégés de la pluie par l'auvent.

« Petite chambre froide, protection inox et thermique, trappe pour évacuation de cuisson, sol en résine coulée, rôtissoire à kebabs et poulets... »

Anna s'avance, utilise la lampe de son smartphone pour mieux voir. Tout est vieux, graisseux, attaqué par la rouille. Les mots que lui débite le vendeur ne correspondent en rien à ce qu'elle voit. Elle éteint sa lampe, tente le coup malgré tout, ça serait idiot de ne pas le faire :

« Dix mille, payable en quatre fois.

— Vous plaisantez?

— Vous ne trouverez pas meilleure offre.

— Ça, c'est à moi de le décider.

— Vu l'année, je devrai changer la courroie de transmission, les lames de ressort et rénover toute la partie électrique qui a dû morfler. »

Le type sourit, la peau de son visage se fripe, on dirait du plastique qu'on écrase pour que ça prenne moins de place dans le bac à recyclage.

« Quinze mille en deux fois.

— Je ne peux pas plus que ce que je vous ai dit.

— Dans ce cas, vous me faites perdre mon temps », dit le vendeur en redevenant sérieux.

Anna hausse les épaules, lui rend son parapluie, essuie sa paume sur sa veste et s'éloigne.

«Attendez, lui crie le vendeur. Je vous ai vue descendre du bus. »

Le temps de compter trois pas, Anna se retourne.

« Pour mille euros, j'ai peut-être quelque chose à vous vendre. Venez voir, vous réfléchirez ensuite. »

Anna hésite.

« J'ai l'air, comme ça, continue le vendeur, mais je ne suis pas complètement pourri. Vous savez comment on m'appelait autrefois ?

— Non, comment ?

— Richard Cœur d'Occasion. »

*

Anna rentre chez elle en milieu d'après-midi. Sous l'appentis habituellement destiné à son camion, elle gare une Clio de 1995 à la peinture verte écaillée. Elle éteint le moteur, retient sa respiration. Après avoir perdu son boulot, elle risque de perdre aussi son mobile home et de se retrouver avec Léo dans un studio en bordure de rocade. La suite ne serait qu'une succession de chutes, un vertige ininterrompu et, le centre de gravité, le malheur.

Elle avait une vie. Fragile, sobre, mais une vie avec un travail et un équilibre.

Anna tire le frein à main, se cramponne au volant. Ce qui était valable hier ne l'est plus aujourd'hui. Il ne s'agit même plus d'imaginer un futur, mais de ne pas perdre le peu qu'elle a réussi à avoir. Il lui faut trouver l'énergie et le courage, l'obstination et la constance. Le souffle lui manque, brève arythmie. Plus de deux millions de femmes meurent chaque année de maladies cardiovasculaires, première cause de décès dans le pays. Anna se reprend, inspire lentement. Les gouttes de pluie résonnent sur la voûte, elle s'efforce de les écouter. Un rouge-queue se pose sur l'un des essuie-glaces, Anna ne bouge plus, compte jusqu'à dix avant que l'oiseau ne s'envole.

On tapote à la vitre de la portière, Anna sursaute. Elle se rassure en voyant la silhouette des Fincher recouverte par leurs ponchos de plastique transparent. Madame Fincher tient un moule recouvert d'aluminium dans les mains et Anna devine pourquoi ils sont là.

Elle se ressaisit, descend de la voiture.

« On vous a apporté un petit quelque chose, fait madame Fincher.

— Un gâteau aux carottes, ajoute monsieur Fincher.

— Jacob! C'était une surprise!

— Qu'est-ce qui s'est passé dans votre potager? demande monsieur Fincher en voyant les monticules de terre. Vous avez des mulots? Il faut nous demander quand vous avez besoin, d'accord? Suffit de planter du sureau ou du ricin et...

— Léo nous a raconté votre accident, l'interrompt madame Fincher, la perte du camion, tout ça...

— Margaret! la tance monsieur Fincher.

— Oui, tu as raison, Jacob. Je parle toujours trop, je sais, tenez... »

Anna prend le cake. Depuis qu'elle les connaît, elle n'a jamais vu les Fincher se déplacer, jardiner ou s'asseoir dans leur véranda autrement qu'ensemble. Où va l'un va l'autre. Tous les deux ont plus de 75 ans, les cheveux longs et gris attachés en catogan. Ils fument des beedies et ne se lassent pas de Simon & Garfunkel. Ils sont bronzés toute l'année, leurs trois enfants sont éparpillés sur trois continents et exercent des métiers qu'ils ne comprennent pas. Et puisqu'ils sont anglais et que leur accent ne les quittera jamais, Anna leur propose :

«Un thé, ça vous dit?

— Avec un petit joint?» ajoute Margaret.

Ils sont comme une blague récurrente qu'on ne se lasse pas d'entendre, et Anna leur sourit du fond du cœur.

7. BÊTES DE SOMME

«Maman, viens, dépêche-toi!»
Anna sort de la salle de bains, brosse à dents à la main. Sa chevelure est emmêlée, ses traits bouffis par une nuit compliquée où le sommeil a joué à cache-cache avec elle.
«Écoute ça!»
Elle regarde bêtement en direction de la télé, qui est éteinte.
«Qu'est-ce qui...?
— Chut!»
Le son provient du transistor posé sur le frigo: voix de comédien pour une publicité sur une station de radio nationale. Bruit de foule et de moteur en toile de fond, l'excitation d'un show. Léo est si attentif qu'Anna est obligée de le prendre au sérieux:
«...*Vous rêvez d'un pick-up Alaskan Ice Edition d'une valeur de 50 900 euros? Participez au «Jeu»! Rien de plus simple:*

toucher c'est gagner ! *Un jeu 100 % égalitaire, ouvert à toutes et tous !* »

« *Alaskan, 100 % pick-up, 100 % premium. Concours soumis à conditions. Le « Jeu » est une initiative du groupe Renault-Nissan-Mitsubishi...* »

Léo éteint la radio. Il se rassied sur la chaise en formica, termine son bol de céréales en le portant à sa bouche, le bruit évoque un lavabo qui se vide.

« Léo ! C'est dégoûtant ! »

Le garçon essuie ses lèvres du revers de la main, excité.

« Hier, elle est aussi passée à la télé.

— De quoi tu parles ?

— Du « Jeu ». C'est un concours. Tu dois toucher la voiture et ne plus la lâcher. Le dernier qui reste gagne la voiture. »

Anna le regarde, stupéfaite, sa brosse à la main et la bouche pleine de dentifrice. Elle crache dans l'évier de la kitchenette.

« C'est complètement débile !

— Faut t'inscrire, maman. Cinquante mille euros, t'imagines ? Tu le revends, et avec l'argent tu te rachètes un *food truck*.

— M'inscrire à ce truc ? Pas question.

— Faut écrire une lettre. Ça te coûte quoi d'essayer ?

— Tu crois qu'ils te choisissent comme ça ? Allez, prends ton sac et file à l'école ! »

Anna fouille dans la poche de son pantalon.

« Il te reste quelque chose d'hier ?

— Heu, ouais, quelques pièces.

— T'as dépensé les vingt balles de la semaine ? T'as invité ta classe au McDo, ou quoi ? »

Elle sort un billet de cinq euros pour son repas.

« Tu te débrouilleras avec ça. Dépêche-toi, tu vas louper ton car. »

Anna retourne dans la salle de bains et Léo cache son billet dans sa chaussette. Avec les pièces, c'est plus compliqué, ça lui fait mal aux pieds, alors il les met dans sa poche.

*

Que peut-on faire avec les deux mille trois cents euros déterrés dans le jardin ?
Acheter une voiture d'occasion.
Payer une traite sur le mobile home.
Prendre deux abonnements téléphoniques.
Souscrire à une protection juridique.
Il manque encore 23 mois pour boucler le crédit du bungalow ; la Clio affiche 147 000 kilomètres au compteur ; le forfait SFR à 12 euros se limite à la 3G et à 5Go ; une avocate stagiaire tentera un recours auprès de l'assurance.
Anna reprend pied dans le monde des possibles.
Après avoir réglé les factures de gaz, d'électricité et de chauffage, il lui reste à payer ses poulets. Après ça, elle aura encore ses yeux pour pleurer.
Lorsqu'Anna arrive au petit domaine, Rodolphe Blanquin pousse une brouette de fumier à travers la cour jouxtant les poulaillers. Il ne porte pas de salopette, mais une chemise en laine et un jeans dont le bas est enfilé dans des bottes en caoutchouc. Ses cheveux mi-longs s'échappent d'une casquette du Crédit Agricole. Rodolphe ne se rase plus depuis longtemps, il n'a pas quarante ans et des dettes jusque-là. Il adresse à Anna un sourire fatigué sous la barbe blonde. On sent bien que ça lui fait plaisir cette visite, c'est un peu d'argent qui rentre et l'occasion de discuter un moment en fumant une cigarette.
Il pose sa brouette et retire ses gants.

Pauline, sa femme, les accueille dans la cuisine donnant de plain-pied sur la cour intérieure. Deux fillettes entre cinq et sept ans se chamaillent près du frigo. Le sol est maculé de boue séchée, de la vaisselle sale s'entasse dans l'évier. Pauline envoie les gamines ailleurs, dans leur chambre ou le salon, n'importe où, mais loin d'ici, et propose à Anna du café qu'elle garde au chaud dans un thermos. Pauline est rousse, ses traits sont délicats et mouchetés de taches de rousseur. Elle est jolie avec son corps proportionné comme Rodolphe est bel homme avec sa carrure et ses yeux bleus. Mais depuis trois ans qu'elle leur achète des volailles, ils ont vieilli.

Anna s'assied sur la chaise que lui propose Pauline. Rodolphe roule deux cigarettes pour sa femme et lui. Anna leur sourit comme elle peut, mais ce qu'elle a à leur dire rend ce sourire factice. Sur un coin du vaisselier où s'accumulent toutes sortes de paperasses, allant des factures aux promotions de chez Intermarché, Anna remarque une photo dans un cadre les montrant tous les deux sur une plage bordée de palmiers. Ils sont bronzés et boivent à la paille dans une unique noix de coco. Ils ont dix ans de moins.

Anna détourne la tête, sort une cigarette de son paquet. Rodolphe lui donne du feu. Anna inspire une bouffée, se lance :

« Pauline, Rodolphe. Je ne vais plus pouvoir acheter vos poulets. En tout cas, pas pour un moment. » Elle voit leurs visages se fermer. Elle sait qu'il leur faut plus d'explications, elle leur parle de l'accident, des misères que lui fait l'assurance. « Je regrette, mais c'est comme ça », conclut-elle un peu trop sèchement.

Pauline tire sur sa cigarette. Elle voudrait chialer qu'elle n'y arriverait pas.

« Dire qu'on a quitté la ville pour venir ici ! dit-elle. Le bio,

la permaculture, toutes ces conneries! On a fait un emprunt
pour un certificat de conformité... On peut se torcher avec!

— Arrête, Pauline, dis pas ça, intervient son mari.

— Des bobos dans le purin, voilà ce qu'on est devenus. On
trime comme des cons dans ce foutu bled, tu parles d'une
qualité de vie! Bordel, Anna, tu pouvais pas faire gaffe avec
ton camion?

— Tais-toi, Pauline! Navré, Anna. Elle ne pense pas ce
qu'elle dit», ajoute Rodolphe.

Les mains de Pauline s'accrochent à son visage, elle pousse
les paumes contre ses yeux pour ne plus voir, se ressaisit:
«Excuse-moi, fait Pauline en se penchant sur Anna pour
la prendre dans ses bras. Excuse-moi, j'ai honte, je n'en peux
plus...»

Anna est gênée par son accolade. En réalité, elles se connaissent peu. Anna sort des billets de sa poche, les déplie sur la
table et pose le sucrier par-dessus.

«Il y a cinquante euros de plus. Je peux pas faire mieux.

— Reprends-les, fait Rodolphe.

— C'est moi qui ai rompu le contrat. Et c'est de ma faute
si l'assurance ne me rembourse pas.

— On n'a jamais rien signé, Anna.

— Raison de plus.»

Pauline ne dit rien. Elle a eu une vie insouciante jusqu'à
25 ans. À présent, elle pense à ses gosses. Cinquante euros la
rendent mesquine, mais personne ne doit lui en vouloir.

«Et toi, qu'est-ce que tu vas faire? demande Rodolphe.

— Me démerder, répond Anna en écrasant sa cigarette dans
le cendrier. Ne t'en fais pas pour moi.»

Elle se lève sans terminer son café.

À nouveau, ce sentiment d'oppression. Cette sensation que,
où qu'elle regarde, des bouts d'humanité s'effritent comme

les dunes de sable se font happer sous l'effet des tempêtes.

Rodolphe la raccompagne à sa voiture. Il ne dit rien, s'efforce de rester droit, mais sa démarche est raide, il traîne des pieds, ses bottes s'enfoncent dans le sol boueux, et peut-être qu'un jour, il y disparaîtra, englouti.

« Ça va aller ? lui demande Anna.

— Je sais pas. Je suis si fatigué. C'est pas comme ça que je voyais les choses, c'est tout. »

Anna remonte dans sa Clio, démarre et quitte la ferme sans se retourner. Anna roule sans assurance, l'indigence appelle le risque. De toute façon, que peut-on espérer d'une époque où l'on donne le nom d'une déesse grecque à un modèle de voiture ?

Qu'y a-t-il encore à raconter ?

*

À l'école, on commence à parler du « Jeu ». Et si les jeunes en causent, c'est bon signe. Les Chevaliers de la table ronde, leurs compétences additionnées, leurs réunions en clair-obscur portent leurs fruits — statistiques, graphiques, études au croisement des marchés, à l'intersection de la sociologie, de la psychologie sociale et de l'économie.

Étudiez, et vous aurez le pouvoir.

Pour l'heure, Léo entend ce qui se dit : le « Jeu » ne demande aucune compétence particulière, uniquement de la volonté. Autrement dit : suffisamment de désespoir, de pauvreté et d'abrutissement pour qu'une bonne moitié de la population adulte du pays puisse répondre à l'appel à candidatures.

Les Chevaliers de la table ronde vont pouvoir créer le besoin, relancer l'économie, retarder l'échéance de la colère qui gronde. Amadouer une nouvelle fois.

Apaiser par l'appât d'un jouet qui est un symbole.

Une promesse : l'Alaskan et ses quatre roues motrices. Pour aller où ? Ça, c'est une question que tu te poseras plus tard. Commence déjà par la gagner, la bagnole. Commence déjà par faire partie des vingt sélectionnés du «Jeu», d'accord ?

Bien.

Ça l'interpelle, Léo, cette histoire. Il entend plusieurs de ses copains dire que leurs parents n'ont rien à perdre, qu'ils vont tenter le coup. Il ne comprend pas pourquoi sa mère refuse l'idée même d'une telle opportunité.

En attendant, Léo Loubère est à nouveau coincé par Kevin dans un coin du préau, les trois euros en monnaie disparaissent dans la poche de ce grand connard.

«Elle te donne pas plus, ta mère ? Elle t'aime pas ou quoi ?»

Ses copains rigolent. Kevin le fouille, ne trouve rien d'autre à lui piquer qui vaille la peine. Il lui donne un coup de poing vache au sternum, et se tire suivi des autres.

Après leur départ, Léo ressent encore la douleur irradiant jusque dans ses côtes. Avec ce qu'il a planqué dans sa chaussette, il devra se contenter d'un sandwich.

8. POISSONS VOLANTS

Un matin gris de début avril. Depuis le haut des dunes, Anna regarde Léo surfer. Elle a décidé de ne pas l'envoyer à l'école, car un vent soutenu soufflant depuis la terre vers l'océan creuse les vagues d'une houle régulière de près de deux mètres. Des *A Frame*, des vagues à doubles épaules, permettant de dupliquer les trajectoires, de filer d'un côté comme de l'autre, la liberté absolue. Oui, une de ces journées idéales pour le surf où il y a davantage à apprendre de l'océan que de l'école, pense-t-elle.

Son fils la salue depuis la berge avant de s'élancer à nouveau vers le *line up* en ramant sur sa planche. L'eau est marron et mousseuse. La plage n'a pas encore été nettoyée pour la nouvelle saison et toutes sortes de déchets — plaques de polystyrène, sachets, bidons et bouteilles en plastique — jonchent le sable humide malmené par les marées.

Léo aurait aimé que sa mère l'accompagne, mais il n'insiste plus depuis longtemps. Sur la plage, elle veut bien lui expliquer, le conseiller, elle peut parler de surf le soir en buvant des bières, mais elle ne monte plus sur une planche, même si la planche est posée sur le sable et qu'il souhaiterait qu'elle lui montre une position. Léo a vu des photos d'elle sur des vagues impressionnantes, elle était *goofy foot* — une gauchère comme lui — mais depuis la mort du père de Léo, stop.

Nada.

Niet.

Finito.

Elle se contente d'être là, observant son fils évoluer sur les vagues dans sa combinaison noire et étriquée. À nouveau, cette peur panique la saisit : que la banque confisque le mobile home, qu'elle perde le peu qu'elle s'est construit avec patience à l'écart du monde. Elle en est responsable, personne d'autre à qui s'en prendre, si ce n'est au «destin» ou à la «société», c'est-à-dire pleurnicher sur son propre sort. Elle a cru que vivre en marge était une façon de vivre libre. Mais il y a la nouvelle donne d'un monde qui penche et rend son quotidien toujours plus précaire.

En attendant, elle a trouvé un CDD pour les deux prochains mois, des ménages à faire au camping, un boulot d'étudiant : nettoyer et préparer les bungalows de location pour la saison. Elle attend aussi ses premiers légumes du potager qu'elle pourra vendre aux restaurants du bord de mer.

Léo réussit une figure difficile qui lui arrache un sourire.

Anna siffle dans ses doigts, Léo lui adresse un signe tout en glissant vers la rive. Anna lève son pouce lorsque son téléphone sonne. Elle fouille dans la poche de sa veste, trouve l'appareil.

«Allô? Madame Loubère? Sylvie Mangin chez KPR Assistance juridique...»

Anna relève la capuche de sa veste, se tourne de côté pour éviter les rafales de vent.

«Allô? Vous m'entendez? demande la fille.

— Je suis là, oui.

— Écoutez, madame Loubère, les nouvelles ne sont pas très bonnes... Allô?

— Allez-y, je vous entends. (*Merde*)

— Eh bien, après un examen attentif, une clause de votre contrat justifie parfaitement que vous vous soumettiez à ce test. Votre refus équivaut à un résultat positif. On peut encore tenter d'invalider cette décision en dénonçant cette clause comme abusive, mais ça prendra du temps et la procédure engendrera des frais supplémentaires.

— C'est-à-dire?

— On part sur une longue procédure sans que je puisse vous promettre qu'on gagnera. Cette pratique des tests n'est pas courante, mais elle commence à se répandre. Quant aux frais, il faut compter en tout cas mille cinq cents euros... Madame Loubère, vous êtes là?

— Dites-moi franchement: il y a des chances que ça aboutisse?

— On va faire notre possible, toutefois...

— Oui ou non?

— Je vous l'ai dit, il faut de la patience, et...

— Oui. Ou. Non?

— Je pense que la situation pourrait...»

Anna raccroche.

«Maman?»

La main de Léo se pose sur son épaule, Anna se tourne vers son fils, le smartphone encore chaud dans sa main. Bouillant.

De la lave en fusion. Elle le range dans sa poche.

«Ça va, maman?

— Change-toi, tu vas attraper froid», dit-elle.

Léo dézippe sa fermeture Éclair dans le dos. Anna regarde ailleurs, le temps que son fils cache sa nudité sous son poncho en éponge et relève la capuche sur ses cheveux humides.

Elle aurait envie de tomber à genoux, là, et de se mettre à pleurer de rage.

«Tu sais quoi, Léo? C'est décidé, je vais t'acheter une nouvelle combi.

— T'es sûre qu'on peut?»

Elle fait oui de la tête.

Même si elle ignore comment.

Les 780 euros net de son job temporaire ne suffiront jamais.

Anna a peur.

Elle qui affrontait des vagues de huit mètres sur des houles californiennes.

*

Léo rince sa planche avec le tuyau d'arrosage du potager et la range sur le rack de la remise. Il aime l'odeur de résine et de wax qui emplit le lieu. Grâce à la chaudière installée ici, l'endroit reste tiède même en hiver. Léo retourne sa combinaison et la met à sécher sur un cintre. Il y a l'odeur de gomme, aussi, se mêlant à celles du sel marin imprégné dans le bois et de l'essence F fuitant du petit jerrican. Anna a montré à Léo comment l'utiliser pour ôter les traces de goudron qui, parfois, encrassent sa planche après une session. À tous les coups, elle peste contre les tankers vidant leurs cuves en mer.

66

La remise est un cocon pour Léo, ce mélange d'odeurs éveille ses sens. On pourrait y ajouter les émanations de crème solaire et de sueur quand, en été, la remise devient une fournaise, au point que jerricane, combinaisons et planches restent dehors.

Mais cet attrait du lieu serait incomplet sans la présence du *gun*.

Léo ne peut s'empêcher de passer sa main sur le bois lisse, éprouver sa douceur, effleurer les veinures, la structure profilée capable d'absorber les chocs sans se désintégrer. Il est comme une bête au repos, un animal sauvage en léthargie.

Le *gun* est «l'autre planche», une Gary Linden en balsa façonnée par cet artisan californien, et qu'Anna possède depuis presque vingt ans. On la nomme ainsi parce que, avec elle, on chasse les grosses vagues comme on chasserait l'éléphant avec un fusil de gros calibre. Elle mesure 9 pieds, et Léo sait que sa mère a surfé la vague de Mavericks lorsqu'elle avait 26 ans. Lui était dans les bras de son père et la légende familiale veut que Léo n'ait cessé de montrer sa mère du doigt pendant qu'elle risquait sa vie en défiant les lois de la gravité. Anna n'y touche plus et a chargé Léo de son entretien.

Le *gun* attend son moment, un jour de grandes vagues, mais surtout : quand lui, Léo, sera prêt.

Au-dessus de la planche, sur l'étagère, les pots où sa mère entrepose son cannabis.

Deux mondes qui lui sont interdits.

Il ouvre un des couvercles. Le parfum des têtes de plants est si puissant que ça l'étourdit. Léo entend des pas approcher à l'extérieur. Il se dépêche de remettre le pot en place.

La porte s'ouvre.

«Qu'est-ce que tu fais? demande sa mère.

— Rien, je...

— Gare à toi si je t'attrape en train de fumer, Léo. Tu n'as que treize ans.

— Je m'en fiche de l'herbe, c'est le *gun* qui m'intéresse. Quand est-ce que je pourrai l'utiliser?»

Anna croise ses bras, contemple le petit trésor d'une planche de surf à 5 000 dollars. Elle pense à cette histoire de vaches grasses et de vaches maigres, comme s'il y avait toujours un prix à payer, au bout du compte.

«Je t'ai déjà dit: le jour où tu sauras surfer la Nord ou la Guéthary...

— Mais on pourrait essayer des vagues comme aujourd'hui, non?

— Léo? Léo, regarde-moi. Tu sauras toi-même le jour où tu pourras la surfer. D'une certaine façon, c'est la planche qui décidera pour toi: lorsque tu seras capable de la porter à bout de bras à travers les dunes, par exemple. Laisse venir les choses en leur temps, d'accord?

— Et toi, maman, tu as su laisser venir les choses en leur temps?»

Quand ton fils te regarde et que tu ne sais pas quoi lui répondre, parce que toi-même tu n'as aucune certitude, aucun point de repère sur lequel orienter une vie à la petite semaine.

«Passe un peu d'huile sur les rails et vérifie l'état des ailerons, s'il te plaît.

— Pourquoi tu ne surfes plus? Une planche comme ça, tout le monde en rêve, putain!

— Léo!

— Je comprends pas...

— T'as pas à comprendre, d'accord? Il y a des choses qui sont ma vie et où tu n'entres pas, point barre.»

Anna sort de la remise, Léo pose un pied en travers de la porte pour ne pas qu'elle se referme.

«Hé, maman? Maman!

— Quoi?

— Excuse-moi. Je voulais pas dire ça.»

Anna hoche la tête. «De toute façon, je vais me venger en t'interrogeant sur ta lecture. La Folcoche, c'est moi!»

Elle rit, le soleil sur son visage.

J'aime quand tu ris, maman.

9. VIPÈRE AU POING

Anna frotte avec un balai-brosse l'extérieur d'un bungalow toilé. Elle a dû remplir plusieurs fois le seau qu'elle trimballe sur sa golfette électrique avec tout l'attirail de nettoyage fourni par le camping. Anna sent les muscles de ses épaules se raidir, par endroits la résine des pins colle sur la bâche cirée qui mousse.

Lorsqu'elle a terminé, elle s'assied sur les marches en bois et allume une cigarette. Elle lève la tête en direction de la cime des arbres, ferme les yeux, les rayons du soleil ondoient sur son visage.

Charlotte, sa collègue, finit à son tour de nettoyer le bungalow voisin et la rejoint pour lui piquer une clope et lui demander du feu.

« Merci, fait Charlotte. Le tabac ouvre seulement l'après-midi.

— C'est bon, pas de souci.

— Vivement le début de la saison et que tout soit ouvert. Tu crois qu'on aura des touristes, cette année?

— Il y en aura toujours. Ils reviennent, comme la mycose.

— N'empêche que, grâce à eux, on a du boulot.

— Dis, tu me rendrais mon briquet?

— Oh, pardon! Un réflexe, se justifie Charlotte en sortant le Bic de la poche de son tablier. J'aime pas trop demander des clopes, comme ça.

— Je suis pareille, mais avec moi te gêne pas.

— C'est mon fils qui me les vole. Il me rend dingue!

— Moi aussi.

— Il te fauche tes paquets?

— Non, moi aussi j'ai un garçon. Léo, treize ans, bientôt quatorze...

— Kevin, seize ans. J'arrive pas à en venir à bout. Son père s'est tiré avec une pouffe de Lacanau. Elle a une boutique de maillots de bain, putain...»

Anna ne réagit pas. C'est un sujet qu'elle ne veut pas aborder, celui du père, du mari, du compagnon. Mais Charlotte insiste, sans doute que cette séparation prend chez elle beaucoup de place. La place vide à table et dans le lit, qui devient une béance jour après jour.

«Il s'en occupe même pas, de Kevin, absolument rien à foutre. Et toi, son père, il le voit?»

Anna hésite, une sorte de réserve. Mais à quoi bon mentir?

«Il est mort.

— Merde.

— Parfois, on se demande ce qui est pire, non? Quelle absence fait le plus mal...

— Tu rigoles? La mort, c'est la mort! fait Charlotte. Au moins, moi, ce trou du cul, je peux encore l'insulter au téléphone!»

Les deux femmes rient. Charlotte est une blonde peroxydée que son tablier boudine un peu. Mais même comme ça, elle a du charme. Et des arguments : une poitrine qu'Anna lui envie et qu'elle met en valeur en laissant la blouse légèrement déboutonnée.

« Ça te dit d'aller boire un verre un de ces soirs ? demande Charlotte.

— Ça dépend.

— De quoi ?

— T'auras des clopes ?

— Minimum deux paquets, promis. »

Elles rient à nouveau.

« À tout hasard, Charlotte. Ton fils ferait pas du surf ?

— Si, bien sûr. C'est le sport national, par ici, non ?

— T'aurais pas une combi qui ne lui irait plus ? Je te l'achète.

— L'acheter ? Mais je te la donne ! De toute façon, c'est son père qui raque pour son surf ! Tu plaisantes !

— Sérieux, je peux te donner quelque chose.

— Arrête tes conneries.

— Je t'offrirai des verres, alors.

— Je préfère ça, ouais. Bon, on attaque la suite ?

— Combien il en reste ?

— Six. Mais on a jusqu'à demain pour terminer. Et samedi soir, on ira dépenser notre salaire dans les bars, comme des *cow-girls* !

— Y a plus d'hommes, c'est ça ?

— Y en a plus, non. »

*

Léo ne bute sur aucune question de son interrogation écrite. Champ lexical. Structure. Symbolique. Point de vue sur l'ouvrage. Le stylo glisse sur les pages blanches à rayures. Il trouve du plaisir à écrire ce qu'il sait, à compléter en argumentant. C'est la première fois que ça lui arrive, une forme d'enthousiasme qui doit encore faire son chemin, la possibilité d'obtenir quelque chose à travers l'acte d'écrire.

Il s'interrompt brièvement avant de se relire, pense à sa mère assise la veille sur le canapé, les jambes repliées sous elle, la vieille édition en poche du livre d'Hervé Bazin dans les mains, lui posant des questions sur le roman.

Léo est le premier à rendre sa copie.

« Tu es sûr de ne pas vouloir te relire ? demande son professeur.

— C'est déjà fait, répond Léo.

— Après, il ne faudra pas te plaindre si l'orthographe te coûte des points.

— Non, Monsieur. »

Léo sort de la classe, remonte les couloirs, sac à dos sur une épaule. Il se rend compte tout à coup qu'il est plus grand et costaud que ceux de son âge, comme s'il avait gagné des centimètres durant la nuit. La reprise du surf lui a fait prendre de la masse musculaire. Il ne se sent pas plus sûr de lui pour autant, mais il doit agir. Ça lui est venu hier quand il était dans la remise et, depuis, il a retourné son idée dans tous les sens. Verdict : ce serait vraiment con de ne pas en profiter.

Léo sait où les trouver, ce coin à la lisière du terrain de basket, près du hangar où le concierge remise les conteneurs à ordures. Il se dit que les coins pourris et moches agissent comme un aimant sur les gars comme Kevin et ceux de sa bande. Quand ils le voient approcher, les cinq garçons n'en reviennent pas de son audace. Ici, c'est leur fief, leur laideur à l'abri des adultes et de l'autorité. À l'abri de tout ce qui n'est pas eux. Au minimum, Léo risque de finir avec un bras cassé ou un genou démoli.

Kevin, les fesses posées sur le dossier du banc, fait tourner le joint et crache entre ses deux incisives en direction de Léo qui s'approche. Un des gars assis sur son scooter le pose sur sa béquille et se lève.

« Donne le fric à mon pote et viens me voir, fait Kevin.

— J'ai rien à te donner, répond Léo en stoppant à bonne distance du banc. Je suis venu te proposer un marché.

— Le marché, on va le mettre profond dans ton cul. Ouvre ton sac, putain. »

Mais Léo ne bouge pas.

« Vas-y, Manu », lui dit Kevin.

Léo sort alors un petit sachet et le lance aux pieds de Kevin. Manu regarde Kevin qui lui fait signe de le ramasser et de le lui donner.

Kevin ouvre le sachet, le porte à son nez. L'odeur de cannabis est si forte qu'il manque d'éternuer.

« J'en ai encore plein, fait Léo. Je vous fais cinq euros le gramme. Cent euros le sachet de 20 grammes, culture maison. Je vous fournis et vous vous occupez de la vendre. Vous pouvez vous faire, deux-trois fois plus... Je me suis renseigné sur internet. »

Kevin se frotte le nez. Il avait prévu d'empocher ses dix euros, de lui foutre une série de baffes, de rigoler un coup, et voilà que ce petit pédé vient lui proposer de se faire du pèze facile et de monter en puissance, autre chose que de chouraver des vélos et des planches de surf aux touristes.

« Tu vas me filer le sachet, et c'est tout, tranche Kevin. Gratos.

— C'est pas possible», répond Léo.

Là, c'est carrément le gros éclat de rire supporté par le reste de la bande.

«Et pourquoi? fait Kevin après s'être repris d'une quinte de toux.

— Parce que ma mère connaît la tienne. Et que si elles se mêlent de ça, on n'aura rien, ni toi ni moi.»

10. PARADE NUPTIALE

Léo regarde sa mère se maquiller devant le petit miroir posé sur la table. Il la trouve plus belle sans fards. À part, peut-être, le crayon autour des yeux qui transforme son regard. Ça le désoriente, Léo, ce qu'il perçoit intuitivement : le fait que sa mère soit d'abord une femme. Son monde à elle. Ce qu'elle peut donner à un homme et qu'il ne recevra jamais. Ce lieu secret dans lequel il n'entre pas, comme elle le lui a dit.

« Elle est comment Charlotte ? demande Léo.

— Sympa. Elle me fait rire. Elle a aussi un garçon, tu sais ?

— Kevin, tu me l'as dit.

— Ah, tu t'en souviens ? »

Léo hausse les épaules.

« Mais moi, j'ai beaucoup plus de chance qu'elle, et tu sais pourquoi ? Parce que son gosse lui cause un tas de soucis alors que le mien est le plus merveilleux des garçons. »

Le compliment le laisse indifférent. C'est tout de même con, ce qui lui arrive : devoir porter la combinaison d'un gars qu'il déteste. Rouge bordeaux, en plus, comme s'il fallait qu'il se fasse remarquer sur les vagues.

Anna ouvre le tube de son rouge à lèvres. Léo n'aime pas la moue qu'elle fait pour le répartir sur ses lèvres, il n'aime pas le carmin qui fait briller sa bouche. Il n'aime pas quand sa mère affiche cette bonne humeur un peu surfaite, cette exaltation exagérée à l'idée de sortir un samedi soir avec une copine. Il n'aime pas non plus toutes les idées qui se bousculent dans sa tête et l'embarrassent.

« Les saucisses pour les hot-dogs sont dans le frigo, ajoute Anna. Tu les laisses cinq minutes dans l'eau bouillante. Il y a une baguette et de la moutarde. Mange un peu de salade, s'il te plaît.

— C'est bon, maman. C'est pas la première fois que tu sors.

— Ça va, Léo ?

— Mais oui.

— T'es sûr ? Je peux y aller tranquille ? »

Léo attend qu'elle enfile ses bottes et sa veste à capuche. Dehors, il fait déjà nuit. Anna empoche ses Marlboro, prend discrètement la petite boîte contenant ses joints déjà roulés.

« Ton téléphone est allumé ? demande-t-elle.

— Oui.

— Et ne laisse pas la clé dans la serrure, okay ? »

Anna l'embrasse sur le front, lui laissant une trace de rouge qu'il essuie aussitôt avec sa paume. Il sort derrière elle sous l'auvent, la regarde monter dans sa Clio et lui adresser un petit signe de la main. Léo attend que les feux arrière disparaissent, engloutis par l'obscurité.

*

Anna passe prendre Charlotte chez elle, un pavillon de plain-pied construit au début des années deux mille et supportant mal l'épreuve du temps. La façade au crépi caramel est constellée de plaques de moisissure, un store déroulant autrefois blanc est coincé de biais. Le petit jardin entouré d'une haie de plantes grasses poussant de façon anarchique, n'est jamais devenu grand. C'était écrit, tracé, plié. Un destin de jardin mitoyen.

Charlotte sort sur le seuil dès qu'elle entend arriver la voiture. Elle porte un blouson de cuir sur un chemisier fuchsia. Une jupe noire moulante. Ses cheveux sont coiffés en épis, la teinture rousse vire à la fraise. Lorsqu'elle s'assied sur le siège passager, sa jupe remonte un peu sur ses cuisses et Anna aperçoit la frange d'un Dim Up, mais ne relève pas.

« T'es allée chez le coiffeur ? lui demande Anna une fois que Charlotte a refermé la portière.

— Faut ce qu'il faut.

— Mince, t'es fringuée et tout. Je me sens un peu conne avec mon jean et mon pull.

— Toi, t'es belle comme ça, t'as pas besoin de la panoplie. Allez, démarre. »

Elles se rendent dans une localité en bord de mer, mille habitants en hiver, vingt fois plus en été. Là où, en basse saison, les trois-quarts des commerces sont fermés par des rideaux métalliques constellés de rouille. Des papiers volent sous des réverbères en forme de pince d'écrevisse vert pastel. L'esplanade se termine par un promontoire surplombant la plage auquel on ne donne pas vingt ans avant l'effondrement.

Le disco-bar se trouve à l'angle de l'avenue du bord de mer. Une enseigne au néon rouge et bleu, des motos garées devant, l'idée que l'Amérique est peut-être un peu là, ce qu'il reste du mythe d'un ailleurs qui s'effiloche.

Anna suit Charlotte qui pousse la porte, il faut encore écarter une tenture de feutre marron pour se retrouver face à un long comptoir où se dressent des pompes à bière et autant d'hommes assis sur leurs tabourets ; ils se retournent dès que le vent frais se faufilant par la porte vient perturber l'atmosphère viciée par l'odeur de houblon éventé et d'oignon frit.

Charlotte salue la barmaid de loin, elle propose à Anna une table un peu à l'écart qui ne soit pas exactement sous une des enceintes de la sono.

« On est peut-être arrivées un peu tôt, non ? demande Anna.

— D'ici une heure, c'est bondé. T'es jamais venue ?

— Je fréquente plus trop les bars.

— C'est top, tu verras. »

Un homme sur la quarantaine vient prendre leur commande.

« Cédric, je te présente Anna », dit Charlotte.

Les deux se saluent. Cédric a des épaules et des bras impressionnants, le crâne rasé, un bouc de motard et une toile d'araignée tatouée sur le cou. Il fixe Anna avec détachement, mais garde un instant sa main dans la sienne quand elle veut la retirer.

« Cédric fait des *fish and chips* du tonnerre, dit Charlotte en lui adressant un clin d'œil.

— Ça, c'est mon cuistot qui s'en occupe, répond Cédric. Moi, je sers. Elle dit quoi, ta copine ?

— Elle dit que ça lui va, répond Anna en s'efforçant de sourire.

— Avec deux pintes ?

— Des blondes ? » propose encore Charlotte.

Anna acquiesce.

« Ce soir, je m'occupe personnellement de votre table, fait Cédric.

— T'es un chou», lui répond Charlotte.

Les deux femmes restent seules, Anna se demande si elle a bien fait de venir, si la soirée entre filles n'est pas une sorte de piège à connes. Mais tu t'attendais à quoi? Son enthousiasme du début de soirée mollit déjà.

«Je me suis toujours demandé ce que ça fait quand un type grand et plein de muscles se couche sur toi, lâche Charlotte.

— J'imagine que c'est lourd. Un peu comme leur humour, tu vois?

— Hé, relax! fait Charlotte. Samedi, tout est permis, non? Y a quoi qui cloche?»

Oui, pourquoi, ces appréhensions, Anna? Pourquoi cette méfiance? Léo a raison: toujours à craindre le côté obscur de la force...

« Fais voir tes mains, lui dit Charlotte en les prenant dans les siennes. Ouais, comme toutes les nouvelles, tu mets pas de crème et tu te bousilles la peau. Ces produits décapants, c'est de la vraie merde. Tu devrais porter des gants, toi aussi...»

Ça la touche, Anna, qu'on s'inquiète pour elle. À part Léo, elle ne voit pas qui d'autre. Faut qu'elle arrête, d'ailleurs, de penser à son fils, ce sentiment de culpabilité qui la prend chaque fois qu'elle le laisse seul durant le peu de temps qu'elle s'accorde.

«T'as de belles mains, continue Charlotte en retournant leur paume. Ta ligne de chance, par contre, est un peu merdique.

— T'es chiromancienne?

— J'ai lu des bouquins là-dessus.

— Et on peut faire quoi pour améliorer sa ligne de chance?

— Rester positive et joyeuse, croire en sa bonne étoile... Ce genre de trucs.

— Et manger des carottes?»

Les deux femmes rient.

«Tu viens souvent ici? questionne Anna.

— Assez, oui. L'été, on peut fumer sur la terrasse. Sinon, il y a une sorte de petit jardin à l'arrière. On va s'en griller une?

— J'ai mieux que ça, lui dit Anna en sortant la petite boîte de sa poche.

— Petite cachottière, va! Bien sûr que ça me dit. En plus, ça va nous ouvrir l'appétit.»

*

En voulant le ranger, Léo brise le petit miroir que sa mère a laissé sur la table. Elle commence comme ça, la perte de l'innocence. Quand, par accident, on découvre que le monde n'a plus une seule et même vérité. Quand le miroir brisé nous renvoie l'image de notre visage morcelé et que l'on devient multiple. Peut-être faudrait-il accepter toutes les facettes qui nous constituent, même les plus laides. Surtout, les plus laides. On commence par cacher des choses à son entourage, on fabrique de petits sachets avec la marijuana cultivée par sa mère qu'on pèse sur la balance de cuisine. Il y a là un moment de confusion face au désordre. Les brins d'herbe éparpillés sur la table, les éclats de verre sur le sol.

Le garçon prend la pelle et la balayette sous l'évier. Il n'est pas tard, mais on ne sait jamais avec sa mère et ses lubies, des fois qu'elle rentrerait plus tôt. Les brins de chanvre se mêlent aux débris du miroir. Une chose en entraîne une autre, qui est de se débarrasser du sac-poubelle dans le bac à l'extérieur pour ne pas éveiller de soupçons. Pour le miroir, ça ira, c'est avouable. Ce qui n'est pas le cas pour l'odeur prégnante du cannabis chaque fois qu'on ouvre la poubelle. Et puis, pour ajouter à la confusion, la télé allumée passe une nouvelle fois ce spot du «Jeu». Le sac dans les mains, Léo s'arrête au seuil de la porte. Sur l'écran, il voit la voiture à cinquante mille balles, il se met à rêver aux possibles, la publicité est là pour ça, pour appuyer sur les frustrations et nous rendre la vie insuffisante.

Léo jette son sac dans le conteneur à ordures près de la route. Le vent souffle par rafales, il pleut des aiguilles de pin. Il ressent comme une inquiétude qui devient de la peur. Il trottine pour rentrer chez lui, une centaine de mètres et la distance lui paraît soudain énorme. Une main qui le saisirait par le cou, l'emmènerait dans une grotte où il ne verrait plus jamais le jour.

Il court, Léo.

Il referme la porte derrière lui, donne deux tours de clé et ferme les fenêtres. Il hausse le volume de la télé, une émission où des concurrents bronzés se lancent des défis sur une plage bordée de cocotiers.

Léo se rassure.

Le monde n'a plus une seule vérité, les dissimulations nous viennent en aide.

Alors, il lui prend d'aller fouiller dans les affaires de sa mère. L'intuition qu'elle lui cache quelque chose, elle aussi. Dans le tiroir où elle range ses papiers, il trouve facilement les mauvaises nouvelles dont elle cherchait à le préserver : la confirmation que l'assurance ne remboursera pas un centime ; la banque réclamant son dû après le retard d'une mensualité sur le mobile home ; un rappel de facture sur l'entretien de la rôtissoire du camion parti en fumée ; un autre d'EDF.

Il remet tout en place et sort de la chambre.

Même en vendant du cannabis à Kevin, ça ne suffira jamais.

Léo est épouvanté.

Léo ne voit pas d'autre issue.

Léo prend un stylo et du papier, Léo se met à écrire.

Léo écrit.

Il laisse glisser sa main, les lettres prennent forme, puis les phrases. Il retrouve peu à peu cette euphorie qu'il a ressentie le jour de son interrogation. Bien sûr, ça ne vient pas tout de suite, il fait des brouillons qu'il recopie au fur et à mesure.

La lettre et l'esprit.

Les mots et leurs conséquences.

Les mots écrits.

*

Un rock aussi lourd que des Doc Martens. Ce n'est pas une piste de danse, mais quasiment tout le bar s'est levé aux riffs de *Cadillac Ranch*. On se hisse comme on soulèverait des voiles restées longtemps pliées. La bière et l'huile grasse des frites tiennent au ventre, il suffit de lever un pied ou de bouger les bras pour une illusion d'éther.

Anna est peut-être la fleur des étangs boueux, le nénuphar flottant au-dessus d'une eau trouble chargée de mercure. Elle est faite pour cette musique-là, le mouvement et l'aisance que provoque son corps, l'extase de la légèreté au milieu des hippopotames ; elle est une femme qui donne envie de partir, non pas de quitter, non, mais de partir. Elle entraîne une euphorie sauvage autour d'elle, ces moments où elle parvient à s'oublier. Ses cheveux s'emmêlent et recouvrent son visage, son cou s'éclaire sous les lumières incertaines du bar, elle rit. Sa chemise en denim, ses bottes usées, le paquet de cigarettes moulé dans la poche arrière du jean, une bouteille de bière à la main. Le bracelet en cuir sur son poignet fin et solide. Les cuisses profilées, les muscles, leur tension. Bien qu'amoindrie par les années, il émane d'elle cette énergie de l'ancienne sportive, un feu qui couve, une force qu'elle garde. Ça suscite l'appétit de certains mâles. On tourne autour d'elle, de façon malhabile, on cherche à capter son attention, mais Anna ne voit personne, elle se cache à l'intérieur d'elle-même pour se sauver du présent.

Dans ces lieux, les hommes sont nombreux parce que plus malheureux. Les femmes sont l'antidote à leur solitude, l'attente de leurs mains posées sur la nuque, leurs lèvres qui rappelleraient des choses oubliées. Ce que retrouve l'homme ventripotent et massif dans le patin exubérant qu'il échange avec Charlotte, en marge des danseurs. Eux, ces hommes-là, au fond, sont le versant tendre des amours de comptoir ; au seuil de la défaite ou carrément déconfits, parce qu'ils sont devenus humbles, fragiles et indulgents à force d'avoir pris des coups, encaissé des revers. Et ça, Charlotte l'a compris. Et ça peut lui suffire pour meubler sa solitude, pour panser la plaie d'un divorce qui brûle encore. Un soir, une nuit avec un homme ayant mis genou à terre, le prendre tout à l'heure dans sa bouche alors qu'il sera comme gêné par son propre corps, un peu honteux du délabrement qui surgit, de la vieillesse qui pointe, craignant de ne pas bander assez dur, de ne plus jamais être à la hauteur.

Et puis.

Il y a le mâle dominant.

Il y a Cédric.

Il saisit Anna par le bras, l'entraîne à l'écart, et lui propose un rail de coke. Elle ne sait pas pourquoi elle dit oui, peut-être que ça lui rappelle les temps révolus de la Californie, ces élans spontanés sur la plage lui faisant faire de formidables conneries. Ou alors est-ce l'amalgame de l'alcool, de la fatigue et de sa lassitude qui lui fait perdre sa lucidité ?

Mais surtout: la poigne se resserre autour de son bras, une injonction.

Cédric l'emmène dans un petit bureau sans fenêtre, près des toilettes. Il referme à clé derrière eux, il y a un désordre pas possible, des piles de cartons, des dossiers éparpillés, ça pue la cendre froide, et déjà c'est beaucoup moins glamour qu'un feu de camp sous les étoiles en écoutant de l'indie pop.

Cédric écarte une pile de documents, fabrique quatre lignes au coin du bureau avec une carte bleue. Il sort une paille à cocktail de sa poche et tire sur chaque narine en faisant un bruit de glaire qu'on dégage du nez. Il tend la paille à Anna. Elle hésite, mais si elle est venue jusqu'ici, ce n'est pas pour se défiler. Elle sniffe à son tour, l'effet de la coke remonte ses synapses, une giclée d'adrénaline pousse contre ses yeux et ses oreilles. Anna se souvient de comment c'était autrefois maintenant qu'elle est devenue quelqu'un d'autre. Elle cligne des yeux, doit s'appuyer contre le meuble pour atténuer la sensation de vertige. Les mains de Cédric la saisissent par la taille, la retournent et elle se retrouve pressée contre lui. Elle lui cède sa bouche, par curiosité, parce que l'envie est tout de même là, dans son ventre, parce que la coke exacerbe le désir et brouille la frontière entre assentiment et refus. La langue de Cédric donne l'impression de fouiller dans sa bouche, elle perçoit la protubérance de la boule du piercing. C'est un détail qui la répugne, soudain cette langue lui apparaît molle et envahissante, une intrusion dans son corps.

On fait des conneries, et il y a l'après.

«Arrête, non», dit Anna.

Elle détourne le visage, mais Cédric agrippe son menton:

«Je suis chaud, putain... »

Il prend sa main et la plaque sur son entrejambe gonflé.

«Tu sens?» Sa force la domine, elle ne peut pas grand-chose pour s'en défaire.

«Suce-moi, fais pas chier.»

Alors, elle cesse de résister et se colle à lui. Elle se fait câline et soumise, descend lentement, d'abord ses lèvres sur son cou, elle soulève son T-shirt et embrasse son torse, son ventre, un duvet de poils chatouille ses lèvres. Elle n'aime pas les corps musclés à la fonte, la force c'est autre chose, ça vient du vent et de l'eau.

Anna s'agenouille, défait la boucle de la ceinture et baisse son pantalon. La verge dure déforme le slip. Cédric la contemple depuis là-haut, souriant et vainqueur. Anna baisse le caleçon qui dégage une légère odeur d'urine. Elle prend le sexe dans sa main, caresse les testicules avant de les serrer brusquement.

«Aïe!», il s'affale sur la chaise de bureau qui roule et rebondit contre le mur. «T'es malade, putain!»

Anna se précipite sur la porte qu'elle déverrouille. Dans son dos, Cédric l'insulte en gueulant, empêtré dans ses fringues et la douleur. Anna traverse le couloir qui mène au bar, bouscule les danseurs et rejoint la table où se trouve Charlotte bécotant son flirt.

Anna prend sa veste sur le dossier de la chaise:

«Je me casse, fait-elle dans un souffle. Je t'expliquerai. Ça ira pour rentrer?

— Je peux la ramener, intervient l'homme.

— C'est bon, oui», fait Charlotte prise au dépourvu.

Une fois dehors, Anna remonte l'esplanade en courant, elle ralentit seulement après avoir tourné dans la ruelle où elle a garé la Clio. Ses poumons la brûlent, elle cherche son oxygène. Les mains appuyées sur le toit de la voiture, elle vomit dans le caniveau. Joint, bière, cigarettes, *fish & chips*, coke. Un trop-plein de saloperies, tous ces mélanges, cette accumulation néfaste, celle de la peur au ventre. Tout ce qu'on peut avaler pour se faire du mal. Vomir est un refus. Vomir est une affirmation.

Les spasmes s'atténuent. Elle enfile sa veste, le vent a forci, et elle grelotte, tout à coup.

Anna ouvre la portière, s'installe derrière le volant, trouve un paquet de mouchoirs dans le vide-poches, s'essuie la bouche. Elle démarre sans boucler sa ceinture, il faudrait que plus rien n'opprime sa cage thoracique.

Elle quitte les rues désertes de l'agglomération, il est tard, elle allume la radio ; juste le temps d'entendre une nouvelle fermeture d'usine dans le Grand Est, elle change de fréquence, on vous poursuit jusque dans l'intime et, à force, on devient indifférent, on se recroqueville sur son petit destin personnel que personne d'autre n'affrontera pour vous.

Elle éteint la radio, cherche à faire le vide dans sa tête. Inutile de songer à quoi que ce soit, de juger qui que ce soit, Cédric ou un autre. La gorge la brûle. Le silence se fond dans l'espace qui l'entoure, la départementale qu'elle suit, seule au monde dans la nuit noire, le tracé des phares comme unique boussole.

Jusqu'à ce que.

Au loin, des gyrophares en guise de sémaphore, barrage de police.

Et elle y va droit comme on irait, escorté par un flic, dans la fourgonnette pour l'alcotest.

Elle éteint ses phares, bifurque sur un chemin forestier. Les roues patinent dans la terre humide. Encore une fois, elle n'a pas trouvé d'autre solution que la fuite avant de s'arrêter, et de couper le moteur.

Mais qu'est-ce qui se passe, bordel ?

Anna pose la question au Grand Hasard.

Parce que c'est humiliant d'avoir peur.

Peur des hommes. Peur de perdre sa maison. Peur de ne pas savoir protéger Léo.

Et la réponse arrive : le bruissement du vent dans les branches, le feulement de l'herbe haute pliant sous les rafales, le choc des gouttes de pluie éparses rebondissant sur le pare-brise.

Et derrière le pare-brise, un chevreuil qui la fixe avec ses yeux noirs.

L'animal s'écarte d'un mouvement brusque et disparaît dans les feuillages. Anna allume une cigarette, pose sa nuque contre l'appui-tête. Elle cherche à se calmer, son corps est une pile électrique.

Il y a le dégoût et le refus de Cédric.

Il y a la frustration, l'envie et le désir d'un homme, aussi.

Un homme qui serait un autre.

Tout se mélange et finit par se perdre.

La dissolution des sentiments.

Anna glisse sa main dans son pantalon, elle se touche comme elle l'a fait tant de fois.

Elle ferme les yeux et gémit ; son secret, son plaisir.

Un oubli.

Cette caresse qui est sa solitude.

11. PAPILLORAMA

Elles affluent de tout le pays.
L'affranchissement est aux frais d'Endemol France.
Raison de plus pour tenter sa chance.
Comment faire le tri parmi des milliers de lettres par jour ?
Il faut voir ce que ça représente, la masse de papier, son poids,
la place que ça prend. Une fourgonnette par jour remplie de
sacs postaux, des bureaux mis à disposition, des déchique-
teuses pour que les refusés restent anonymes, prennent moins
de place dans les bacs de papier à recycler.
Et le temps.
Le temps nécessaire pour lire les candidatures. Calligraphies
à peine déchiffrables, syntaxes défaillantes, grammaires
approximatives, orthographes bancales, néologismes malheureux, logiques incohérentes... On a engagé des étudiants pour
effectuer le premier tri par : âge, genre, nationalité, profession,

niveau d'études, aspect physique (cf. photo jointe). On parle d'un tirage au sort, mais il sera orienté. On évalue la santé mentale, on écarte l'inqualifiable. Le politiquement incorrect. Tout ce qui n'entre pas dans la médiocrité acceptable.

Seul dénominateur commun : le désarroi.

On puisera dans la frange moyenne du désespoir, du découragement, de l'échec, de l'épuisement, de l'usure et de la débilitation.

L'art de choisir des concurrents qui n'ont pas touché le fond absolu, des potentiellement *résilients*. Même le handicap et l'aspect physique seront évalués, on pourra préférer l'autisme à la trisomie, un surpoids au bec-de-lièvre.

On verra.

Mais il faut que chacun puisse être l'un d'entre nous.

« Il y en a donc autant que cela ? demande la Reine des abeilles.

— Oui, Madame », répond Mélanie.

La vaste pièce en sous-sol dévolue au courrier évoque l'antre du père Noël. Les sacs ouverts dégueulent leurs enveloppes, plient sous leur poids aux formats divers, un peu le coffre-fort d'Oncle Picsou, aussi, sauf que le papier serait sans autre valeur que sociologique.

Le tableau est une nature morte ; les étudiants smicards ont déserté le lieu après leur journée. On peut encore sentir l'odeur de leurs haleines, les récipients en carton Starbucks ou Poke Bowl disséminés un peu partout, deviner l'empreinte de leurs corps sur les chaises en simili cuir. Les piles des « sélectionnés » sont réparties sur de grandes tables, les tas des refusés s'entassent par terre avant le passage à l'aube des équipes de déchiquetage.

Des mots comme autant de bouteilles jetées à la mer.

«On en est arrivé là, dit la Reine des abeilles, à force d'abdications, de justifications et d'incompétence. On a manqué de courage au point de chercher maintenant parmi les chômeurs et les perdants ceux qui vont représenter ce pays.»

Elle soupire, reprend:

«Vous paraissez inquiète, Mélanie. C'est de me voir ici qui vous rend nerveuse?

— Le Conseil n'approuve pas votre intérêt pour les candidatures.

— Même s'ils pensent tout posséder, ma voix compte encore, elle est leur légitimité, que diable! J'ai un droit de véto sur les concurrents. Et, surtout, j'ai le droit d'en choisir un. Mais je veux le faire moi-même, sans filtre.

— Souhaitez-vous quelque chose à boire, Madame?

— Rien du tout, Mélanie. À présent, laissez-moi seule. Et dites au service de sécurité qu'on ne me dérange sous aucun prétexte.»

Avant de commencer, la Reine des abeilles voudrait fumer une cigarette, mais elle ne peut pas. Elle dirige plus de soixante-sept millions d'habitants, pourtant un détecteur de fumée au plafond le lui interdit.

Elle ôte ses chaussures et se met à déambuler pieds nus d'un bout à l'autre de la pièce, renverse les sacs les uns après les autres, éparpille les centaines de lettres sur le sol. Elle a choisi cette nuit particulière, ces quelques heures comme une encoche sur le fil du temps. Elle est une petite reine dérisoire, une coïncidence dans l'immensité de l'univers, une occurrence infime dans l'espace intersidéral et sidérant.

Elle marche sur le tapis d'enveloppes, les ouvre au hasard.

...

Cher medams, monsieurs du concour, j'ai 44 ans et suis chomeuse depuit trois ans...

Je m'appelle Benoît Loris, j'ai 27 ans et je suis en possession d'un doctorat en archéologie...

Divorcée, j'ai trois enfants de 10, 12 et 17 ans...

Après 35 ans dans la même entreprise, suite à une restructuration, je suis sans emploi...

Moi, mon rêve, sait d'avoir une Alaskan pour allé a la chasse et les vacance...

Veuf et sans enfants, je souhaiterais pouvoir sortir de mon isolement...

Mon nom est Claire, je fais du slam, et le concours est une façon de me faire connaître...

Notre fille Sandra est hyperactive, et nous pensons que le défi d'immobilité que représente votre concours...

Ma meuf dit que je suis jamais capable de terminer une chose et je veux lui prouver que oui...

Cher Jury, j'ai déjà participé à Fort Boyard, une Famille en Or et Money Drop...

...

La Reine des abeilles n'aurait pas pensé s'émouvoir ainsi. Ses larmes empruntent le parcours de ses rides, font des détours avant de tomber. Des gouttes d'eau tiède et salée diluent l'encre des adresses inscrites sur le papier. Elle voudrait pouvoir les prendre tous contre son sein, les apaiser, les guérir de leurs maux. Leur dire qu'elle les aime sincèrement. Et que si la ruche est malade, il ne suffit pas de changer la reine, car la reine est à la fois cause et conséquence ; la reine comptera bientôt pour du beurre, car son pouvoir lui échappe. Elle est la caution morale de cette humiliante mascarade. Pour que cela tienne encore un peu, un peu plus loin. Elle s'est juré que l'édifice ne s'écroulera pas tant qu'elle sera en fonction. À tout prendre, elle préfère voir son pays s'humilier que de le voir saccagé. Elle fera du «Jeu» un ciment social. Un socle sur lequel espérer à nouveau, elle en tirera parti. Le Roi lion n'aura pas tout, pas cette parcelle d'humanité qui existe encore, elle en est convaincue.

Et pour au moins l'un de ses sujets, elle pourra faire quelque chose de concret.

La Reine des abeilles porte les enveloppes à son visage, respire l'odeur des papiers, qui est celle de leurs mains, de leur anxiété, celle de l'attente qui espère. La puissance est motivée par le désir. Elle ne pourra jamais l'avouer, mais l'exercice du pouvoir est parfois voluptueux.

La Reine des abeilles plonge la main dans le tas.

Car le moment finit toujours par arriver, pour qui que ce soit, pour quoi que ce soit, et ce sera cette lettre-ci :

Chère Madame et cher Monsieur du Jeu,
Je m'appelle Léo, j'ai 13 ans, et je sais bien que les enfants n'ont pas le droit de participer à ce jeu. Si je vous écris ce soir, c'est pour ma maman qui s'appelle Anna...

12. CHIENNE DE VIE

« Ça me fait mal au cul de te payer, fait Kevin.

— Je m'en fous. J'ai ta *weed*, donne-moi mon argent.

— Il me faudra un autre la sachet semaine prochaine.

— Pas de problème.

— Où est-ce qu'elle cache ça, ta salope de mère ? Tu sais qu'elle se tape des types dans les bars ? »

Léo serre ses poings, son visage pâlit.

« Quoi, tu veux me frapper ? »

Léo pense à l'argent. Ils en ont besoin, sa mère et lui. Et pour ça, il a besoin de Kevin.

« Pourquoi t'es comme ça ? », lui demande Léo.

Kevin crache par terre ; il manque de souiller les baskets de Léo qui a reculé. L'adolescent jette à ses pieds les billets roulés en boule.

« Pour rien. Même si tu me fais gagner du fric, tu restes un fils de pute », fait Kevin.

Dans l'autocar qui le ramène chez lui, Léo pense malgré lui à la sorcière Karaba dans Kirikou. Il voudrait écarter ces références trop puériles, il voudrait s'en foutre, mais il ne peut s'empêcher de se demander quelle est l'épine qui fait souffrir Kevin. En tout cas, moins il partage son oxygène avec lui, mieux il se porte.

Le bus le laisse au bord de la route. Léo est l'unique passager à descendre à l'arrêt du camping municipal. Son sac est lourd de cahiers et de livres. Quand il rechigne à aller au collège, sa mère lui dit que l'école est l'équivalent d'un travail et que dans le travail on trouve sa fierté.

Il est 18 heures passées. Les journées s'allongent, même si le ciel est gris et la lumière est terne. La voiture de sa mère n'est pas là, c'est tant mieux.

Léo se dépêche de ramper sous les rondins soutenant le mobile home, creuse avec ses mains et cache ses premiers billets dans un pot en verre. Sa mère prétend que la seule banque valable, c'est la terre. Encore dix mille euros, pense-t-il, et personne ne pourra jamais plus les déloger. Comme cet argent enfoui et le travail qui rend fier, ce sera une certitude.

Léo sort de sa cachette, essuie son pantalon. Il décide de jeter un œil sur le *gun*. Toucher son bois le rassure, il peut s'appuyer sur cette planche comme sur la force de sa mère. Elle est la garantie d'un futur et d'une promesse. Il sort la clé du trousseau, ouvre le cadenas de la remise.

L'odeur est là, de tout ce qu'on sait, résine, essence, bois, néoprène et sel marin. La *fish* sur le rack, son ancienne combi et celle de Kevin sur leurs cintres.

Tout est là.

Sauf l'essentiel.

Le *gun* a disparu.

*

L'exact milieu du mobile home.

Son centre.

L'espace de vie commun, kitchenette & salon, est en ébullition :

«... Je n'ai pas à me justifier, Léo.

— Surtout quand tu me caches ce que tu fais ?!

— Et toi, tu es sûr de tout me dire ?

— C'est différent. T'es ma mère !

— Justement, bordel !

— Je croyais qu'on devait parler correctement...

— Et bien, là, je m'en fous, d'accord ? Le *gun* nous permet de payer la traite sur le mobile home.

— Cette planche, tu me l'as promise ! C'était celle de papa !

— Elle est toujours à toi. Elle est juste en dépôt, une garantie pour l'argent qu'on m'a prêté, tu peux comprendre ça ?

— Et si le mois prochain tu n'arrives pas à rembourser ?

— Tanguy la gardera plus longtemps...

— Le mec s'appelle Tanguy ?

— Il a un magasin de surf. On se connaît depuis qu'on faisait les championnats... Léo, cette planche, personne te l'enlèvera. Parfois, il faut prendre des décisions.

— Pourquoi tu m'en as pas parlé ?

— Parce que tu es un enfant et parce que c'est déjà assez difficile comme ça.

— Et quand je passe ma journée tout seul, quand je me fais à manger le soir et que tu sors avec des types, je suis un enfant ? Tu sais ce qu'on dit ? Que t'es une salope ! »

Anna ne se maîtrise pas, la gifle part toute seule. Léo titube,

96

son dos rebondit contre le frigo, les bouteilles tintinnabulent à l'intérieur.

«Qui a dit ça?! »

Léo ne répond pas.

«Qui, nom de Dieu?!

— Personne...

— Va dans ta chambre, je veux plus te voir!»

*

C'est une sensation vague, une parenthèse d'éveil, parce que les fantômes se mêlent aux angoisses du réel et que les fées ne veillent plus sur le sommeil. Léo perçoit la présence de sa mère venant dans sa chambre pour l'embrasser. Il sent des larmes tièdes mouiller son cou, l'haleine chaude sur sa nuque. C'est quelque chose qui vient de loin, ces liens de la chair et du sang, cet amour inconditionnel et atavique. Un instant, il sent la paume chaude et rassurante posée sur son front comme quand, petit, il avait mal dans son corps et qu'elle apaisait sa fièvre.

Cette femme est la femme lézard.

Cette femme est ta mère, Léo.

13. MIROIR AUX ALOUETTES

Au réveil, la chambre baigne dans une lumière d'agrume filtrée par le rideau aux motifs de *Car's*. Léo pense alors à deux choses : qu'il a faim et qu'il doit absolument se débarrasser de ce rideau ridicule.

Il avale deux bols de corn flakes dans le séjour silencieux. Debout derrière la vitre, il observe un écureuil grimper sur un arbre. Le soleil est revenu, Léo n'a aucune idée des coefficients de marée ni rien, mais la seule chose qu'il a en tête, c'est d'aller surfer.

Il enfile son (ancienne) combinaison (qu'il a coupée au niveau des bras et des genoux, pas question de mettre celle de Kevin), prend sa planche dans la remise — évitant de s'apitoyer sur l'absence du *gun* —, la charge sur son vélo et se met en route.

Ce matin, lui aussi étouffe.

Le temps passe, et il ne s'en était même pas rendu compte.

Des rideaux *Car's*.

La honte, putain.

*

L'exact milieu du mobile home, *bis repetita*.

Son centre.

Dans l'espace de vie commun, kitchenette & salon, l'attend la colère froide de sa mère :

« C'est quoi ça ?! » demande Anna en tenant une lettre dans ses mains.

Même pas un *bonjour*, un *ça va*. Léo retire la capuche du poncho, ses cheveux sont encore mouillés. La houle, finalement, n'était pas si mal.

« Qu'est-ce qu'il y a ? » demande-t-il d'une voix incertaine.

Sa mère pose la lettre dépliée sur la table, la fait pivoter et ce qu'il lisait à l'envers, ɘɔnɒɿꟻ lomɘbnƎ, devient compréhensible :

Endemol France.

> *Chère Anna Loubère,*
> *Nous avons le privilège de vous compter parmi les candidat-e-s retenus-es dans la première sélection de notre émission télévisée* Le Jeu ! *qui se déroulera au mois de juillet et sera diffusée sur les chaînes publiques. Nous vous invitons à contacter au plus vite Laurence Virenque, assistante de production, afin de régler avec elle les modalités pratiques liées à cette présélection.*
> *Nous nous réjouissons de faire votre connaissance et espérons que vous ferez partie des vingt candidat-e-s finalistes qui prendront part au JEU.*

*Sans réponse de votre part avant le 30 mai, nous consi-
dérerons votre candidature comme hors délai.*
*Veuillez recevoir, chère Anne Loubère, l'expression de
nos salutations distinguées.*

Léo pose la lettre, sa main tremble. C'est donc possible?
Des mots écrits peuvent avoir cet effet-là? Une simple lettre
peut résoudre tous leurs problèmes?
   «Je croyais qu'on se disait tout, Léo?
   — Mais c'est formidable, maman!
   — Tu crois ça? Vraiment?
   — Ils te prendront, c'est sûr. Et c'est toi qui gagneras. Tu
revends la bagnole, c'est cinquante mille euros, maman.
Cinquante mille!»
   Anna ne songe même pas à sortir sur la terrasse pour
allumer sa cigarette. Elle inspire sa première bouffée comme
si elle prenait de l'élan pour lui répondre:
   «Tu crois que je vais faire la clown devant tout le pays?
M'humilier devant des caméras? C'est comme ça que tu me
vois? Réponds!
   — Mais... C'est un jeu! Un simple jeu!
   — Non, Léo. C'est de l'abrutissement, c'est vendre son
âme et bafouer sa dignité. Et ça, jamais, pas question!»
   Léo pensait avoir bien fait alors que tout lui échappe. Il y
a encore un mois, le monde était beaucoup plus simple, ses
lignes étaient claires, sa mère avait un travail et il pensait la
connaître. Ils étaient soudés, aucun de ces problèmes qui
pèsent comme autant de menaces et deviennent si difficiles
à surmonter ne s'immisçait entre eux.
   «Qu'est-ce que tu vas faire? demande Léo. Tu vas
m'envoyer jouer dans ma chambre?
   — Ne sois pas insolent.

— Tu vas renoncer, alors ?

— On n'a pas besoin d'eux. Tu sais ce que je vais faire, là, maintenant ? Je retourne travailler au camping, récurer à fond les toilettes. C'est peut-être un travail de conne, mais je préfère ça à ce jeu débile. »

*

Depuis cette soirée au disco-bar, Anna et Charlotte continuent de faire équipe, l'enthousiasme en moins. Les deux sont des bosseuses, aucune n'a à se plaindre de l'autre, et puis on les considère désormais comme un duo pour ce qui est des plannings. Elles partagent encore leurs paquets de cigarettes et quelques potins durant leurs pauses, elles s'efforcent de sourire.

Elles se sont assises sur la golfette après avoir éteint le Kärcher. Le chant des oiseaux revient, le murmure du ressac derrière les dunes. Elles ôtent leurs gants en plastique, la peau de leurs mains est fripée.

« Je suppose que tu mettras plus les pieds là-bas ? ironise Charlotte en allumant sa Camel. T'as foutu un sacré bordel, en tout cas. Cédric avait les boules.

— Tu le connais bien ce mec ?

— Comme un barman que je vois depuis trois ans.

— Qu'est-ce qu'il t'a raconté ?

— Ben que... Enfin, ce qu'on peut faire dans un bureau après avoir sniffé des rails de coke... Et puis que t'as changé d'avis...

— Et alors ?

— Alors rien. Ce sont vos oignons, n'empêche que maintenant, il me fait la gueule et j'ai plus droit aux tournées du patron.

— Tu t'es pas demandée pourquoi je me suis sauvée? Je pensais que tu serais solidaire, merde.

— Dans ce cas, fallait pas le suivre. T'es une grande fille, bordel. Tu y vas, t'assumes.

— Qu'est-ce que t'en as à foutre de ce mec?

— C'est le proprio du bar où je vais régulièrement. Et t'as jeté un froid, c'est tout.

— Charlotte? C'est un con. En plus, il sait même pas embrasser, il a une langue, on dirait une limace...»

Là, quand même, ça lui arrache un sourire, à Charlotte.

«Si j'ai bien compris, faut que je me trouve un nouveau bar?

— En gros, ouais.»

Un pic-vert martèle un tronc au-dessus de leurs têtes. Anna le cherche du regard dans la végétation, l'obstination est dans la nature.

«Et toi, avec ton flirt, ça continue?

— On se revoit ce soir, ouais.

— C'est bien...

— Pas besoin de te forcer, tu sais.

— Désolée, Charlotte. J'ai pas trop la forme.»

Les deux femmes terminent leurs cigarettes et s'apprêtent à reprendre le travail.

«Anna? Y a juste ce truc, encore, je... On en avait causé pour la combi de mon fils, et t'as oublié cette histoire d'addition...

— Je ne t'ai rien donné? Oh, merde! Combien?

— Un peu plus de cinquante, mais cinquante ça ira.»

14. MAUVAIS CHEVAL

En milieu urbain, les abeilles font un pollen polyfloral : cerisiers, pommiers, saules, chênes, marronniers... Sans oublier les fleurs des balcons et des parcs. Les polluants sont présents sous forme de traces seulement, car les abeilles les filtrent avec leur salive. Et puisqu'on n'est pas à un paradoxe près, l'absence de pesticides fait que le miel des villes est parfois moins contaminé que celui des champs.

La Reine des abeilles prélève sa première récolte de la saison. Trois ruches comptent environ 150 000 abeilles et rapportent pas loin de 60 kilos de miel par an. La Reine des abeilles sait qu'elle peut encore améliorer ce rendement qui n'a rien à voir avec celui des insectes, mais avec sa pratique.

Elle est une apicultrice éclairée, pas une professionnelle.

Derrière son masque, elle voit arriver Mélanie et ses jambes fines et bronzées. Sa tenue reste la même, sauf que le tailleur est en coton léger et qu'elle s'est débarrassée de ses collants. Sous le chemisier blanc, taille svelte et poitrine menue. La Reine des abeilles se dit qu'avec vingt ans de moins, elle tenterait sa chance. Elle pourrait aussi jouer la carte de sa position, mais cela irait contre ses principes.

La Reine des abeilles interrompt son travail. Elle ôte son voile et ses gants, écarte doucement les insectes qui se sont attardés sur sa combinaison avant d'aller à la rencontre de sa jeune assistante qu'elle ne voudrait pas effrayer. Si elle garde encore quelques espoirs quant à l'avenir, elle le doit au labeur des abeilles permettant la mutualisation du bien commun, mais aussi au galbe parfait des jambes de Mélanie.

Générosité des hyménoptères pollinisateurs.

Beauté d'un corps humain.

« Elle a refusé, confirme la jeune femme dès qu'elle se trouve à portée de voix.

— Une cigarette, Mélanie ? lui propose la Reine des abeilles.

— Vous savez bien que non, Madame. »

La Reine des abeilles tourne son visage vers le soleil, ferme les yeux un bref instant pour savourer la bouffée de nicotine.

« Que fait-on ? demande Mélanie.

— Rien.

— Qu'est-ce que je dis au Conseil ?

— Rien.

— Ils vont me manger toute crue, Madame.

— Personne ne touchera à un seul de vos cheveux, jeune fille. Et surtout pas à votre chair.

— Je leur dis d'attendre ?

— Non. Vous leur dites de laisser une place vacante. En échange, je leur laisse carte blanche pour sélectionner les dix-neuf autres candidats, qu'ils choisissent ceux qu'ils veulent, je n'interviendrai pas...

— Madame, je...

— Oui?

— Pourquoi elle, précisément? Pourquoi cette femme?»

La Reine des abeilles s'attendait à cette question. On la pose toujours quand il y a du mystère.

«Une intuition, Mélanie. Rien qu'une intuition, mais vous n'avez pas nécessairement à le savoir.»

Mélanie acquiesce, fait un petit bruit de talons évoquant une obédience de garde-à-vous et quitte la terrasse.

La Reine des abeilles regarde s'éloigner ses petites fesses émouvantes.

Générosité des hyménoptères pollinisateurs.

Beauté d'un corps humain.

Désormais, quant à sa foi en l'avenir, elle pourra aussi compter sur Anna Loubère et sa probité.

La Reine des abeilles est confiante.

But du «Jeu»: redonner confiance à 20 millions de téléspectateurs, montrer qu'avec de la pugnacité, on arrive à tout.

Et derrière la confiance redonnée, l'espoir d'une relance économique.

«Re»: préfixe magique.

La Reine des abeilles en est convaincue:

Une seule personne sincère peut suffire à les racheter.

Tous.

15. COCHON PENDU

Charlotte l'a regardée partir en courant. Elle a un peu les boules parce qu'il lui faudra terminer seule le nettoyage des sanitaires. Anna n'a même pas ôté son tablier, elle était bouleversée. La saluant à peine, elle est partie comme ça, oubliant son paquet de clopes dans le panier de la golfette. Charlotte pensait être devenue une femme à problèmes. Depuis qu'elle connaît Anna, elle se dit que, peut-être, sa poisse s'est fixée sur sa collègue.

*

Une ambulance et un véhicule de la gendarmerie sont déjà là. Lorsqu'Anna sort de sa voiture, les brancardiers font glisser la civière dans leur fourgon et referment les portes arrière. Sans hâte : le corps est enveloppé dans une housse.

Anna retrouve Pauline où elle l'avait laissée la dernière fois, assise en bout de table dans la cuisine. Anna porte encore son tablier vert pomme, les deux gendarmes entourant Pauline ne l'ont pas reconnue tout de suite.

« Qu'est-ce que vous faites là, vous ? demande le premier.

— C'est moi qui l'ai appelée », coupe Pauline.

Anna les replace à son tour. Celui qui vient de lui parler la fixe avec ce même regard insistant et lourd de testostérone que ce fameux soir où ils l'avaient ramenée après l'accident.

« Où sont les filles ? s'inquiète Anna.

— À l'école, Dieu merci », répond Pauline.

Son visage est un masque de cire, sa voix est blanche. On pourrait la mettre dans le brouillard, elle deviendrait le brouillard. Le second gendarme lui pose une question, Pauline ne l'écoute même pas :

« Vous pouvez nous laisser seules un moment, s'il vous plaît ? » demande-t-elle.

Les deux hommes obtempèrent à contrecœur, ils rechignent à quitter la cuisine, tout ça va les mener à des heures supplémentaires, paperasse et compagnie.

« Tu as quelque chose à boire ? De fort ? » fait Anna.

Pauline lui indique un placard au-dessus du vaisselier. Anna prend la bouteille d'abricotine, deux petits verres.

« Pas pour moi, fait Pauline. Je veux rester lucide. »

Anna se sert, boit cul sec, cherche machinalement ses cigarettes dans la poche du tablier, ne les trouve pas. Il y a le paquet de tabac de Rodolphe sur le meuble, au milieu des dépliants et de la pile de factures qui a doublé de volume. Leur photo de vacances est toujours là. Anna se roule une cigarette. Le tabac noir la fait tousser.

« C'était à La Martinique, dit Pauline. Je vois cette photo, et je me demande comment il a pu finir par...

— C'est toi qui l'as trouvé?

— Tu vois quelqu'un d'autre, ici?

— Ça aurait pu être une de tes filles.

— Oh, non! Il a fait ça bien si on peut dire. D'abord, il est passé à la boulangerie nous acheter des chocolatines pour le petit-déjeuner. Ça faisait longtemps qu'il avait pas eu ce genre d'attention, j'aurais dû me méfier... Ensuite, il nous a accompagnées à la voiture. Il a serré les enfants dans ses bras. On a échangé un baiser, un vrai baiser, ça aussi, tu sais, ça aurait dû me... C'est quand... quand je suis revenue de l'école... D'habitude, on prenait encore un café tous les deux avant de se remettre au boulot...»

Pauline prend une cigarette. Sa main ne tremble pas. Elle doit encore lui raconter le plus dur. Sa voix est pleine de rage, maintenant. Une rage sèche comme sa langue. Une colère qui attend des explications, qui souhaite comprendre comment on peut en arriver à cette extrémité.

Non,

une colère qui exige de comprendre comment *Rodolphe* a pu en arriver là, reniant sa femme, répudiant ses filles, tout en sachant le deuil singulier qu'elles porteront leur vie durant.

«Je l'ai trouvé dans le poulailler, reprend Pauline en exhalant une bouffée de tabac. Il avait bien calculé son coup. Il était grand, mais ses pieds pendaient juste à vingt centimètres du sol. Il aurait suffi de pas grand-chose pour qu'il se sauve...»

Les deux femmes restent en silence, Anna se verse un second coup de gnôle. Derrière la porte de la cuisine, on frappe deux coups brefs.

«Un instant! crie Anna.

— Anna, j'ai tout perdu. Mon homme, l'exploitation, tout. On est en dépôt de bilan, si tu veux savoir. Et quand tu es

venue ce soir-là, tu as été notre dernière rentrée d'argent,
trois cents misérables euros. C'est comme si tu avais éteint
la lumière, tu comprends?

— Pauline, je...

— Ici, tu es la personne que je connais depuis le plus
longtemps, tu sais ça? Après avoir appelé les flics, tu es la
seule à qui j'ai pensé.

— Je vais t'aider, Pauline, on va trouver une solution.

— Je fais faire rapatrier le corps à Compiègne, on l'enter-
rera là-bas, où vit sa famille. Mais je ne veux pas que tu
viennes à l'enterrement, je ne veux plus entendre parler de
toi ni te revoir, jamais. Le soir où tu es partie, j'ai bien senti
que tu nous fuyais. Tu y es pour quelque chose et tu n'y es
pour rien. T'es comme la goutte qui a fait déborder le vase.
Celle qu'on accuse, celle dont on se souvient, comme si les
autres ne comptaient pas. C'est injuste, je sais, mais c'est
comme ça. Maintenant, fous le camp, Anna. Fous le camp. »

Anna obéit. Elle avait besoin de ça, aussi. Besoin qu'on lui
enfonce bien la gueule dans sa gamelle, qu'on lui fasse bien
comprendre le rouage mesquin qu'elle représente dans la
grande machine à broyer les hommes.

*

Anna roule sur une route secondaire au milieu des champs
de maïs. Les rampes d'arrosage immobiles sont les squelettes
de bêtes préhistoriques. Sa voiture est le seul élément
mouvant sur le tracé rectiligne. Les kilomètres défilent, elle
ne croise personne.

Bourdonnement du moteur; grincements du tableau de
bord en plastique; sifflement du vent se faufilant par la vitre
ouverte.

L'odeur âcre du diesel; celle piquante de la terre sèche devenue poussière; celle du tabac.

Anna serre les mains sur le volant.

Serre les dents. Serre les fesses.

Elle se cramponne pour ne pas chuter. Contenir tout ce qui se déglingue. Tout ce qui lâche.

Il lui faudrait une grande clé à molette pour resserrer les boulons de sa vie.

Sur cette route, il n'y a personne d'autre que toi, Anna.

16. L'APPEL DE LA FORÊT

Léo sait que sa mère n'ira pas vérifier ses pots dans la remise. Elle prendra le premier qu'elle trouvera, remplira sa petite boîte qu'elle rangera ensuite dans le placard. Léo s'arrange pour répartir leur contenu, il pourra même en faire disparaître un ou deux sans qu'elle ne s'en rende compte. Et quand elle découvrira son manège, il aura gagné suffisamment d'argent pour atténuer sa colère et lui faire voir les choses autrement. Ils pourront récupérer le *gun*, ce sera déjà ça de pris.

Léo ajoute deux cents euros dans sa cagnotte qu'il enterre à nouveau. Même si personne ne viendra là-dessous, il recouvre la terre remuée avec de la mousse et des pommes de pin. On ne sait jamais. En classe, ils ont commencé à lire *L'Appel de la forêt*.

(*Quand ils avaient mangé leur poisson, on les laissait libres de flâner dans le camp, de baguenauder avec les cent et quelques autres chiens, dont certains étaient d'une férocité peu commune.)*

Léo grimpe sur son vélo, descend le chemin qui serpente sous les pins et emprunte la piste cyclable longeant les dunes. Il lui faut une bonne demi-heure pour rejoindre l'agglomération. Il cadenasse son vélo, ôte son T-shirt trempé de sueur et se promène torse nu. La belle saison a commencé et il ne portera quasiment plus d'autres vêtements que son short, sauf pour le dernier mois d'école, bien sûr, jusqu'à la reprise de septembre. Avec tous les surfeurs qu'il croise, il passe inaperçu, de toute façon. Depuis quelque temps, lui aussi se laisse pousser les cheveux. Il veut ressembler à ces garçons plus grands. La plupart viennent de la grande ville le week-end pour surfer, certains repartent le soir même. En réalité, le plus marginal d'entre eux, c'est lui, c'est Léo. «L'esprit surf», qu'il incarne, n'est pas celui des magazines et des planches en mousse vendues chez Décathlon. D'ailleurs, il ne sait même pas ce que ça signifie, sa mère ne lui en a jamais parlé, ça n'existe pas ; on vit d'une certaine façon, libre, comme on peut, et c'est tout.

La raison de sa venue ici est en lien direct avec ce qu'il porte en lui. Cette affirmation des origines, à la fois moléculaire, spirituelle et symbolique. Sa mère lui a vaguement indiqué le magasin en question. Les boutiques de surf pullulent, plus ou moins spécialisées, plus ou moins pros au sein de l'attrape-touristes que devient la station balnéaire durant la saison estivale.

Alors, bien sûr, de voir soudain son *gun* entre un magasin de souvenirs et une boutique de maillots de bain, ça lui fait un choc, à Léo. Derrière la vitrine, il voit des jeunes lui tourner autour et la toucher. Léo comprend parfaitement ce qu'ils ressentent, mais cette planche, merde, c'est la sienne.

Dans le magasin, il cherche Tanguy. Une fille aux multiples piercings et tatouages lui demande ce qu'il lui veut.

« C'est personnel, répond Léo.

— Tanguy ! Un gosse veut te voir personnellement ! » répète la fille à la cantonade.

Léo est gêné à cause des gars qui se retournent, il en a marre d'être si jeune, il veut grandir.

Tanguy se présente : cheveux décolorés par le soleil, visage brûlé, lunettes de soleil Oakley « jawbreaker » retenues autour du cou par un cordon, bermuda Oxbow et débardeur Billabong. Il doit peser 120 kilos pour 1 mètre 75. Comment sa mère a-t-elle pu laisser leur planche en dépôt à ce type est une vraie question. « C'est la seule personne que je connaisse prête à me filer deux mille euros », lui aurait-elle répondu.

« Toi, t'es sûrement Léo, fait Tanguy en lui montrant sa paume ouverte pour qu'il lui en tape cinq. T'as vu, Cindy ? dit-il à la fille, c'est le portrait craché de sa mère. »

Léo ne bouge pas, l'air renfrogné.

« Et le même sale caractère, ajoute Tanguy en laissant retomber sa main.

— Qu'est-ce qu'il fait dans la vitrine ?

— De quoi tu parles ?

— Qu'est-ce que le *gun* fait dans cette vitrine ?

— Tu veux boire un truc frais, fiston ? Coca ? Jus de fruits ?

— Je veux savoir ce qu'il fout là !

— C'est Anna qui t'envoie ?

— Pas du tout. »

Tanguy comprend enfin, sourit.

« Ça fait partie de l'accord, Léo. Tant que je la garde, elle reste là. Ça attire les clients, tu vois bien.

— Ma mère vous a autorisé *ça* ?!

— Rassure-toi, elle n'est pas en vente. Le temps qu'on

arrange nos petites affaires. C'est juste un deal, si le coup de pub rapporte, Anna pourra même garder le fric.

— Et si on la vole?

— Tanguy la range chaque soir derrière dans l'atelier, intervient Cindy.

— La boutique est protégée par un store métallique. Tu vois, elle ne risque rien.

— Je veux pas que les gens la touchent. »

La voix de Léo a déraillé dans les aigus, cette voix qui mue et qu'il ne contrôle pas quand il s'emporte.

« Cindy, tu veux bien faire un mot *Ne pas toucher* et le poser sur la planche?

« T'es soulagé, comme ça? »

Léo ne répond pas.

« Anna m'a dit que tu te débrouilles bien pour ton âge. Prends un nouveau leash dans le bac, un tube de wax, ce que tu veux, ça me fait plaisir, allez... »

Ce que Tanguy ignore : non seulement le *gun* est une Gary Linden, mais son père l'a « shapée » avec lui, Gary en personne, cette légende californienne, précurseur du *big wave surfing*.

Ce que Tanguy ignore (bis) : son père est mort après avoir tapé sa tête sur un fond rocheux.

Ce que Tanguy ignore (ter) : seule la planche est revenue jusqu'à la rive.

« Cette planche est à moi. Si on la vole, je mettrai le feu à votre magasin. »

Léo quitte la boutique sans prendre ni wax ni leash.

Tanguy se tourne vers la fille qui fait « houlala » d'un geste de la main. « Tu sais quoi, Cindy? Je pense qu'il en serait capable. »

*

Léo atténue sa frustration en mangeant une gaufre au Nutella, assis sur un banc face à la mer. Il a du chocolat sur les mains, lèche ses doigts après avoir avalé sa dernière bouchée. Il le fait d'un air distrait tout en observant les surfeurs attaquer les vagues courtes et puissantes qui se forment près du bord, des *shore breaks*. Léo est trop timide pour surfer près de la plage sous le regard des badauds et des baigneurs. Il préfère ne pas s'exposer aux commentaires impitoyables et aux sarcasmes des autres surfeurs dès qu'on foire la moindre figure.

En revanche, Léo constate que pour l'un d'eux, la présence du public agit comme un stimulant, appelle la prise de risque. Stable sur sa planche, quasiment accroupi, le pied avant parfaitement calé sur le bord intérieur, il prend un « tube » lorsque la vague se creuse, une main sur le rail et l'autre caressant la face du mur d'eau. La vague fait moins de deux mètres, le type sort de là en modifiant légèrement sa trajectoire par le bas, et finit par lever un poing au ciel. Léo sait que lui aussi aurait pu le faire. Il lui manque seulement ce courage-là, celui de l'audace. Ou de l'arrogance.

On entend des applaudissements, des sifflets, et Léo reconnaît les copains de Kevin levant leurs cannettes de bière qui scintillent sous la lumière vive.

Léo a un doute, met sa main en visière sur son front.

Il a de la peine à y croire, mais c'est bien lui. Celui qui fume des pétards dans le coin le plus pourri de l'école. Celui qui emmerde le monde. Celui qui l'emmerde lui, en particulier.

Kevin Larrieu.

Léo ne comprend pas comment cette grâce peut se manifester chez le plus mauvais et le plus cruel d'entre tous.

Comment est-ce possible ?

Comment ?

17. MONNAIE DE SINGE

Anna vérifie que les tuteurs sont correctement enfoncés dans la terre avant de l'arroser. Les nouveaux plants de cannabis poussent à l'écart des tomates et des aubergines. Comme le bambou ou la canne à sucre, c'est une plante à rhizomes, une plante vorace qui tend à phagocyter le potager tout entier si on n'y prend garde. Pour en maîtriser l'extension, elle les cultive dans un bac en aluminium enfoui dans la terre. C'est Luis qui lui a appris ça, quand ils vivaient dans leur maisonnette en bois à Ocean Beach.

Pour information : Luis était le père de Léo. Basque espagnol.

(Léo ne le nomme jamais autrement que «mon père» ou «papa»).

«Délimiter l'essor du chanvre dans un potager, avait-il expliqué à Anna, c'est comme appliquer une théorie keynésienne au libre marché. L'intervention active du gouvernement (toi)

117

est le meilleur moyen d'assurer la croissance économique (le chanvre) au sein d'un État libéral (le potager)... C'est aussi la meilleure façon de se limiter dans sa propre consommation, avait-il ajouté. Ne pas cultiver plus que ce dont on a besoin. »

Elle avait 25 ans, alors, enceinte de Léo depuis 4 mois... Anna passe son visage sous l'eau fraîche, coupe court à l'émotion qui la saisit, avant d'enrouler le tuyau d'arrosage fixé au robinet extérieur du bungalow. Si on ne fait pas gaffe, les souvenirs eux aussi ont tendance à l'expansion, à vous saisir tout entier.

Anna passe un coup de balai sur la terrasse, vide le cendrier de ses mégots, en profite pour prendre le temps d'en griller une.

L'odeur des immortelles est soufflée depuis les dunes, cette odeur épicée évoquant le curry et qu'elle associe au vent, aux vagues et à la chaleur. Elle regarde autour d'elle la végétation qui fleurit, au-dessus d'elle les pins gigantesques aux formes capricieuses. *Qu'est-ce que tu penserais de nous, Luis ? Si loin dans le temps, désormais. Si proche de ce que tu aurais souhaité pour nous, pour notre fils. Tenir ce cap d'une vie avec le moins d'entraves possible, tenir cette promesse d'une existence à l'écart des grandes villes et du bruit, sentir l'air, l'eau et la terre. Demeurer intègre et digne et...*

La petite mélodie choisie par Léo, le reggae joyeux qui la fait sourire, se met à sonner dans son dos.

Anna se dépêche d'aller répondre, saisit le smartphone posé sur les marches de la véranda.

Sur l'écran s'affiche le numéro de l'école.

Anna ne sourit plus.

*

Anna et Charlotte se retrouvent sur le parking du collège. L'une et l'autre se sont habillées à la hâte, bravant l'urgence tout en cherchant à ne pas paraître absolument négligées. Ça donne un T-shirt propre sur un jeans crotté aux chevilles et des Birkenstock pour Anna ; un ensemble de jogging Go Sport en velours framboise et des mules pour Charlotte. Son rouge à lèvres rose a dérapé aux commissures ; Anna a attaché ses cheveux en oubliant de nouer des mèches dans son chouchou.

« Qu'est-ce que tu fais là ? » demande Charlotte stoppée dans son élan.

Anna marque le pas, aussi surprise que sa collègue de la voir ici. Elle s'attendait à passer un week-end tranquille sans que rien ne vienne lui rappeler le boulot ou n'importe quoi d'autre qui ressemblerait à un problème.

« Pour le week-end peinard, je crois que c'est raté », fait Charlotte comme si elle lisait dans ses pensées.

Les deux femmes se sont arrêtées au pied de l'escalier menant à l'administration. Il y a de la gêne et aucune envie de gravir ces marches.

« Ton fils est dans cette école ? demande Anna.

— Ben ouais, répond Charlotte.

— Je croyais qu'il était plus âgé.

— Il a redoublé une année. À cause de ce putain de divorce, d'après l'assistant social. File-moi une clope, tiens.

— Je les ai oubliées à la maison.

— On est deux guignols, tu sais ça ?

— Qu'est-ce qu'on t'a dit ? demande Anna.

— Que je ne devais pas m'inquiéter, Kevin n'est ni blessé ni rien, mais il a fait une grosse connerie... Enfin, elle a utilisé un autre vocabulaire, mais l'idée c'est ça. Et toi ?

— Pareil. Merde, Charlotte. Je me dis qu'on a beaucoup causé de nous et pas assez de nos enfants.

— Et alors, qu'est-ce que ça aurait changé? Putain, ils ont presque trois ans de différence, qui pouvait imaginer qu'ils se connaissaient? Il y a sept cents élèves dans l'établissement.

— Quand même, Charlotte. On aurait dû faire ce que font toutes les mères, se montrer des photos, ce genre de truc, j'en sais rien. Peut-être qu'on n'en serait pas là.

— Ben, moi, j'ai pas envie de me culpabiliser, on ne sait même pas ce qu'ils ont foutu. On bouge, allez! On y va à deux et on fait face comme des grandes!»

Charlotte prend Anna par le coude. Elles s'efforcent de garder la tête haute, mais ce truc, là, dans la poitrine, qui s'appelle le cœur, joue la samba. Couplé à l'effort de grimper les marches, ça leur coupe le souffle, et ça se transforme en un petit calvaire, un Golgotha des pauvres idiotes.

*

D'abord, elles cherchent leurs fils, mais ils ne sont pas là.

Le bureau de Laurence Schaub, principale du collège, est spacieux et fonctionnel. L'annexe du bâtiment scolaire est récente, les meubles en aggloméré ainsi que le linoléum bleu pâle sentent encore le neuf. Tout est propre et rangé dans des placards intégrés aux parois. Une baie vitrée donne sur le parking. L'air conditionné maintient la pièce à une température de 19° comme le préconise le Code de la construction et de l'habitation.

Laurence Schaub mesure son mètre quatre-vingt. Elle a les cheveux blonds et courts. Son corps est celui d'une coureuse de fond, sec et longiligne. La poignée de main est ferme, la paume sèche. Lorsqu'elle croise son regard bleu et franc, Anna se dit que ça aurait pu être pire, que cette femme sévère n'ira pas au-delà des justes sanctions à appliquer.

«Asseyez-vous», dit-elle à l'adresse des deux mamans. Parce que là — on a beau dire qu'elles sont d'abord femmes, citoyennes, tout ce qu'on veut —, en ce moment précis, elles sont mères avant tout.

Les deux femmes prennent place timidement sur les chaises en bois clair.

«Café? Thé?» leur propose la principale.

Charlotte décline. Anna a la bouche sèche, elle boirait volontiers un verre d'eau, mais l'impatience de savoir ce qui se passe l'en dissuade.

«Bien, Mesdames, je suis navrée de vous convoquer en urgence, croyez-moi, si j'avais pu m'en passer, je l'aurais fait volontiers. Sauf que là, c'est suffisamment grave pour justifier une telle mesure.

— Où est Kevin? demande Charlotte.

— Une chose après l'autre, s'il vous plaît. Kevin et Léo vont bien. Vous allez pouvoir récupérer vos enfants tout à l'heure.

— Tournez pas autour du pot, attaque Charlotte. Je veux savoir ce qui est arrivé à mon fils!»

Anna sent l'agacement poindre chez la principale. L'hostilité n'est pas la bonne tactique à adopter avec cette femme.

«Ce n'est pas ce qui lui est arrivé, mais ce qu'il a fait.

— Quoi, il a fait quoi?

— Laisse-la parler, Charlotte, allez...

— Ta gueule, toi! T'es mal placée pour donner ce genre de conseil.»

La solidarité prônée par Charlotte cède à l'atavisme des pulsions.

«Madame Larrieu, nos APS ont découvert un trafic de cannabis géré par votre fils au sein de notre établissement. Ça vous paraît assez direct et clair comme ça?

— APS?! C'est quoi, des flics?

— *Assistants chargés de Prévention et de Sécurité.*

— Des conneries, ouais! crie Charlotte. Vous avez des preuves?»

Anna reste silencieuse, prête à encaisser l'onde de choc: quand la lèvre de la vague s'écrase sur vous et qu'elle vous pousse vers le fond. Avant de couler, inspirer le maximum d'oxygène, se protéger la tête avec ses bras et attendre que ça passe. Vouloir résister est la pire des options.

«Son petit commerce dure depuis plusieurs semaines, continue la principale. Cela concerne essentiellement les troisièmes. Ce qui nous a alertés est la présence récurrente de jeunes du lycée voisin venus s'approvisionner. Comme vous voyez, une petite entreprise en plein essor! Ceci également grâce à votre fils, Madame Loubère, qui se charge de fournir Kevin en marijuana. Et visiblement, il ne manque pas de matière première...

— Putain, Anna, c'est pas vrai?!» fait Charlotte.

Ça y est; à présent qu'on est au fond, il s'agit de s'orienter pour retrouver la surface. Surtout ne pas paniquer, ce sont les instants cruciaux, chercher la lumière, suivre les bulles d'oxygène qui remontent, repérer la silhouette de la planche en contre-jour et remonter vers le ciel.

«J'en cultive pour mon usage personnel, dit Anna en s'adressant à Laurence Schaub. Léo a dû se servir. Je n'aurais jamais cru qu'il soit capable de me voler quoi que ce soit.

— Kevin n'est pas facile, Madame, lâche Charlotte, mais jamais il n'a touché à la drogue avant de rencontrer ce... ce Léo!

— Qu'est-ce que tu insinues, Charlotte? Qu'un ado de seize ans s'est laissé influencer par plus jeune que lui? Qu'il n'y est pour rien?

— C'est toi qu'es accro à cette merde, pas moi! C'est à cause de toi!

— Mesdames, intervient la principale. Il ne s'agit pas de vous, mais de vos enfants...

— J'ai rien à voir là-dedans et Kevin non plus, ajoute Charlotte.

— Ça suffit! tonne la principale en frappant du plat de la main sur son bureau. Ce qui se passe est grave. En attendant la décision du conseil de discipline, Kevin et Léo font l'objet d'une interdiction temporaire d'accès au collège. Il y aura une enquête pour savoir si vos enfants ne sont pas sous la coupe de «grands frères».

— Kevin est fils unique.

— C'est une façon de parler, Madame.

— Une enquête? s'inquiète Anna.

— Les autorités judiciaires et éducatives seront alertées dès lundi. Il y aura peut-être des sanctions pénales.»

Les deux femmes blêmissent. Charlotte ouvre la bouche, mais rien ne sort. Les larmes se mettent à couler sur ses joues.

«Madame Schaub, fait Anna d'une voix calme, est-on obligées d'en arriver là? Je veux dire, d'alerter la police?

— Ce n'est plus de mon ressort.

— Mais le conseil de discipline n'est pas encore au courant, n'est-ce pas?

— Il le sera lundi.

— Est-ce qu'on peut faire appel à votre indulgence? Ce ne sont que des gosses, insiste Anna.

— Des gosses qui connaissent déjà les lois du marché et montent une PME juvénile.

— S'ils reconnaissent qu'il n'y a qu'eux d'impliqués, que cette histoire ne...

— Madame Loubère, arrêtez-vous là, s'il vous plaît. Personnellement, je n'irai pas plus loin dans cette discussion.

Si je ne fais pas correctement mon travail, c'est moi qui en subirai les conséquences.»

Anna Loubère s'arrête là, en effet. Le mur. Encore une fois. Elle aurait pu continuer en lui demandant si elle aussi a des enfants, faire appel à son humanité, souligner la mauvaise passe qu'elle traverse. Mais Anna sait qu'implorer la compassion n'est pas la bonne solution, chacun sa vie, chacun ses problèmes.

Au temps pour les yeux bleus et le regard franc de madame Schaub, qui dit:

«J'ai trois enfants, madame Larrieu. Aucun d'eux n'a jamais fait commerce de drogue.»

Au temps pour la compassion.

Charlotte, elle, n'en est pas à une humiliation près.

«Et votre mari ne vous a pas quittée pour une vendeuse plus jeune de vingt ans?

— Bien, Mesdames, je crois que c'est tout. Vous allez pouvoir récupérer vos enfants.»

Anna serre ses poings, regarde au sol:

Et votre mari n'est pas mort dans un accident de surf?

Et vous n'avez jamais perdu votre emploi?

Et vos enfants n'ont jamais manqué de rien?

Et vous n'avez jamais récuré les chiottes d'un camping?

Et vous n'avez jamais dû vous battre seule contre le monde entier?

Et vous n'avez jamais quémandé un peu d'amour le samedi soir?

Et vous n'avez jamais eu besoin d'un joint pour apaiser vos angoisses et réussir à vous endormir?

Et vous n'avez jamais bu pour oublier votre chagrin?

Il y en aurait des questions.

Et vous savez quelle serait la réponse de Laurence Schaub?

Jamais.

*

Anna ne sait pas quoi faire ni comment se comporter. Cette vie est un laboratoire, un point d'interrogation : hurler, punir, chercher à comprendre ? Elle a l'impression d'être un de ces bateaux brise-glace traçant sa route au fur et à mesure, l'expérience se déploie sans aucune autre possibilité d'apprendre qu'en faisant. Et faire, dans son cas, c'est souvent se tromper.

Elle conduit, le levier de vitesses racle quand elle passe la troisième. Son fils est assis à côté. Il y a le silence. Le pire qui soit, celui du malaise. Une mère et un fils qui, à cet instant, sont des inconnus l'un pour l'autre.

Mais cette affirmation pourrait aussi bien être fausse.

Car il y a l'inertie des corps, la vie qui est une somme de fonctions à remplir : récupérer son enfant, le ramener à la maison, c'est-à-dire se ramener soi-même, à soi-même.

Il y a les corps, oui, la physicalité du monde.

Les corps solides.

Ce que nous sommes.

Avant tout.

Avant toute chose.

Quelle qu'elle soit.

Quoi qu'il arrive.

Et cette proximité, cette évidence, cet espace occupé, dit, affirme et atténue le malaise : l'autre est là. L'autre existe et nous existons avec lui. Et, déjà, cet espace occupé apaise, il est le socle sur lequel tout reprendre à zéro.

Tu seras un homme, mon fils.

Tu seras une femme, ma mère.

Léo pose sa main sur celle de sa mère. Elle ne sait plus grand-chose, Anna, depuis quelque temps. Sauf ce geste-là,

125

qu'elle attendait. Parce qu'une de ses rares certitudes est que son enfant est bon. Ça paraît idiot de penser ça, la bonté est une qualité morale à la fois trop simple et galvaudée, quelque chose qui aurait à voir avec la faiblesse et la fragilité. Pourtant, Léo est comme ça : c'est un gentil, un généreux. Elle sait parfaitement pourquoi il a fait cette connerie, quelles ont été ses motivations. Sauf que la bonté ne fait pas le poids quand elle se heurte à la malfaisance. C'est sa faiblesse, un handicap difficile à combler. Ou alors, si on y arrive, on perd forcément quelque chose en chemin, on perd l'éclat cristallin de la naïveté.

« Pardon, maman. »

Anna retourne sa main pour serrer celle de Léo. Elle ralentit, prolonge le moment, jusqu'à ce qu'elle doive la lâcher pour reprendre le levier de vitesses.

« Kevin s'est fait choper et il m'a balancé. Il a dit aussi que c'était toi qui cultivais de l'herbe.

— Kevin est le petit con avec qui je me suis prise le bec à la plage, je sais, et tu n'as pas besoin de te justifier. Prends le paquet dans la boîte à gants et allume-moi une cigarette, Léo.

— Moi ?

— T'es un petit dealer, maintenant, ça devrait pas te gêner.

— Je n'ai jamais fumé, maman ! »

Anna sourit malgré elle.

Léo s'exécute, se met à tousser avant de passer la cigarette à sa mère.

« Je t'en aurais moins voulu si tu avais fait ça seul, Léo. Que tu te sois mis avec ce type, c'est ça qui me met le plus en colère. Parce que tu n'as pas su voir. Il y a des gens comme ça, des gens néfastes qui ne t'apporteront jamais rien de bon. À l'avenir, si tu dois absolument faire une connerie, fais-la seul, ou alors bien accompagné. »

126

Léo ne sait pas si c'est du lard ou du cochon. Dans la boîte à gants, il y a aussi des bonbons à la menthe, il en suce un pour se débarrasser du sale goût de la cigarette.

Anna bifurque et s'engage sur la départementale. La circulation devient plus fluide maintenant qu'ils sont sortis d'une zone d'activités. Là où ils vont, là où ils vivent, ils rencontrent forcément moins de monde sur la route. C'est ça qu'Anna a toujours cherché, cette solitude pour les préserver.

Au fur et à mesure qu'ils approchent de l'océan et que la route se dégage, Anna songe aux lignes claires, celles des trajectoires qu'elle avait appris à lire dans les vagues. Et voilà qu'apparaît ce constat désolant : depuis trop d'années, elle ne fait que limiter la casse, elle ne fait que tenir, elle est en lutte ; empêtrée dans une survie au quotidien au lieu d'essayer de voir plus large et d'ouvrir les possibles. Elle ne fait que combler les vides et les manques au lieu de prendre des risques.

Elle tourne la tête, regarde Léo. Il a appuyé son front contre la vitre et fixe la boule rouge du soleil se couchant au loin.

« Je vais le faire, Léo. »

Léo sort de sa rêverie.

« Tu vas faire quoi, maman ?

— C'est toi qui as raison. Je n'ai rien à perdre de toute façon.

— De quoi tu parles ?

— Du « Jeu ».

— Tu veux dire pour gagner la voiture ? C'est trop tard.

— On m'a répondu que je pouvais encore y réfléchir, hors délai.

— Sérieux ?

— Apparemment, j'ai droit à un traitement de faveur. J'ignore pourquoi, et je m'en fous. Je vais le faire, Léo, c'est tout ce qui compte. »

II

RÈGNE MINÉRAL

« L'immobilité, comme l'indifférence, est l'état le plus difficile
à atteindre. Chaque minute
doit être immense. »

Michel Layaz

18. ALASKAN

Elle est là.
Au centre du plateau circulaire.
Blanche.
La carrosserie rutilante. Feux de position allumés.
Pure.
La glace des pôles. Cristaux aux reflets bleutés.
Elle vous regarde.
Elle est *vivante*.
Le film de protection transparent est encore sur les sièges
et le tableau de bord.
Elle sent le plastique, le cuir et l'acrylique.
Le compteur affiche 5 kilomètres.
Neuve.
À peine sortie de l'usine Renault de Flins.

Alaskan. Pick-up double cabine, 2.3 dci 190 BVA ZEN. Moteur turbo diesel 6 cylindres, puissance de 190 ch - Cylindrée de 2.3 l - Couple max 450 Nm à 1400 tr/mn - Boîte automatique à 8 rapports - Réservoir de 73 litres, consommation 6.3L/100km - Longueur 5.40 m, largeur 1.85 m, hauteur 1.84 m, poids à vide 2028kg - Roues avant indépendantes à bras triangulaires doubles, Roues arrière essieu rigide à guidage multibras - Ressorts hélicoïdaux, amortisseurs télescopiques et barre stabilisatrice - Ordinateur de bord, commandes vocales, écran tactile, GPS cartographique, interface média, lecteur carte SDm, lecteur CD, Mp3, services connectés, 6 haut-parleurs - Différentiel à glissement limité - Follow me home - Capteur de luminosité - Aide au démarrage en côte - Caméra de recul, caméra vue panoramique 360°, radar de stationnement AR - Lave-phares - Jantes en aluminium - Clim automatique bi-zone - Sellerie cuir, sièges chauffants - Vitres arrière teintées - ABS, aide au freinage d'urgence, antipatinage, airbags - Toit ouvrant électrique...

Il a fallu deux cent mille ans à Homo sapiens pour parvenir à produire cette technologie. Cinq mille ans d'Histoire depuis l'écriture cunéiforme. Deux siècles et demi depuis le « fardier à vapeur » de Joseph Cugnot.

Son prix : cinquante mille neuf cent soixante euros pour ce modèle spécial « millésime Jeu ».

Elle est là.

Immobile.

Elle attend.

Encore cachée aux yeux du public par les bâches entourant l'estrade, surveillée par des vigiles.

Elle ne sera dévoilée que demain, premier jour du « Jeu ».

Et pour donner l'impulsion définitive : la clé est dans le démarreur.

Légère rotation du poignet, quart de tour, et le moteur prendra vie.

L'Alaskan est prête à se donner au vainqueur. Princesse virginale dans un tournoi médiéval.

Je suis à prendre.

Je suis à qui me prendra.

Elle est là.

Immobile.

Elle t'attend, Anna.

*

Ils en font, des plans sur la comète, Anna et Léo : l'idée est de revendre l'Alaskan et, avec les 50 000 balles, on fera ceci, on fera cela.

Les plans sur la comète (plus prosaïquement : plans de financement) comprennent :

Remboursement du crédit du mobile home	9 500 €
Solde des différentes dettes en cours et récupération du gun	4 500 €
Achat d'un camion-rôtisserie d'occasion et renouvellement du matériel	16 000 €
Nouvelle planche et combinaison pour Léo	1 000 €
Total	31 000 €

Il y a encore de la marge, on fait pas mal de choses avec 50 000 €.

Anna y songe, termine sa bière et quitte sa chaise pour en prendre une autre dans le frigo.

On fera ceci, on fera cela.

Elle revient sous la véranda, Léo abandonne sa lecture de *La longue route, (Je continue sans escale vers les îles du Pacifique, parce que je suis heureux en mer, et peut-être aussi pour sauver mon âme)*, et observe sa mère de biais. Il voit sa jambe agitée par un tic nerveux, leurs regards se croisent alors qu'elle cherche à maîtriser son anxiété par l'alcool.

« C'est la dernière. Je serai en forme demain, ça ira.

— Maman, tu peux fumer, si tu veux. Si ça te calme, je comprends. Je peux aller dans ma chambre.

— Avec une si belle soirée, tu restes dehors avec moi. De toute façon, j'ai tout jeté, il n'y a plus la moindre brindille de cannabis à l'ouest du Pecos. Ça fait quatre semaines, maintenant, je suppose que je commence à être sevrée.

— Moi, j'en ai gardé un peu...

— Tu en as quoi ?

— J'ai pensé que t'en aurais peut-être besoin... »

Anna ne peut s'empêcher d'éclater de rire, tout le contraire du sérieux qu'elle voudrait afficher en la circonstance. Mais elle sait aussi que ce rire ne sera pas interprété par son fils comme un aveu de faiblesse ou une manière de copiner.

« Okay. Apporte-moi ta réserve. »

Au tour de Léo de s'éclipser et de revenir avec un sachet. Anna le prend, l'ouvre et le vide à ses pieds, veillant à faire disparaître entre les planches de la terrasse les dernières têtes de cannabis.

« Une promesse est une promesse, Léo. Et puis, on va pas tout faire foirer maintenant qu'on s'est fixé un but, non ? »

134

Léo ne sait pas comment réagir. C'est à la fois un soulagement et une crainte. Sa mère oscille entre l'exaltation et le doute.

Anna allume une cigarette, ça non, elle ne va pas s'en priver. Elle inspire une bouffée, le visage levé vers la voûte des arbres et le ciel rouge.

Oui, il y a encore de la marge, on peut faire un tas de choses avec cinquante mille euros.

Elle a encore songé au fait que, depuis trop longtemps, elle ne fait que lutter. Le moment est venu d'augmenter la vie. Provoquer le hasard. Ce qu'elle n'a plus fait depuis la mort de Luis. Elle réalise que c'est pareil avec leur liste : éponger des dettes, investir dans un nouveau camion. Et le plaisir ? Et l'argent dépensé pour du bon temps ? Et le superflu dans tout ça, où est-il ?

Anna lâche, presque indolente :

« On fera un voyage en Californie, Léo. »

Léo la dévisage sans être sûr d'avoir bien entendu. Déjà qu'elle vient de jeter le cannabis qu'elle considérait indispensable à son équilibre hier encore, et là, elle lui propose la Californie, comme ça, l'air de rien.

« Tu prendras les vagues que j'ai surfées avec ton père. Half Moon Bay, Santa Barbara, Newport, Huntington Beach, Malibu, Oceanside, San Diego, Santa Cruz... Tu sais quoi ? C'est une promesse, Léo. Et on prendra le *gun*... »

Léo est surpris au point d'en oublier la bouteille d'Orangina sur la table en osier, qu'il heurte avec son genou.

Sa mère lui tend le rouleau de Sopalin pour qu'il s'essuie la jambe.

« Nettoie aussi par terre. Faudrait pas que les fourmis s'installent pendant mon absence.

— Aller en Californie, t'es sérieuse ?

— Faudra faire passeports et visas.

— J'y crois pas! Et tu vas te remettre au surf?

— J'ai dit que *tu* prendras les vagues. »

Léo sourit, béat.

« Faudrait aussi que t'aies de meilleures notes en anglais!

— Ouais, avoue Léo en riant. Ouah, la Californie!...
Sérieux, on va vraiment y aller?

— Tu sais, sans la mort de ton père, même si on n'avait pas
un sou, on serait sans doute jamais rentrés.

— Alors, ça veut dire que là-bas, c'est beau? »

Anna acquiesce.

« C'est du passé, Léo. Et le passé est toujours beau. »

Donc, reprenons :

Total	31 000 €

On y ajoute :

Voyage d'un mois en Californie	10 000 €
Nouveau total	41 000 €

Pile dans le budget avec une marge de 10 000 en réserve.

Mais pour réaliser le rêve, il faut : *money.*

Et pour obtenir l'argent : *to win the Alaskan.*

Dix-neuf concurrents à battre.

Dernière bière, dernière cigarette.

C'est demain, Anna.

19. FONTE

« Les voilà », murmure la Reine des abeilles en fixant l'écran.
Mais il n'y a personne auprès d'elle pour l'entendre. Elle
s'est installée dans sa résidence à la campagne, loin du bruit
de la capitale. Une gouvernante, un cuisinier et les gardes du
corps discrètement disséminés autour de la demeure.

Et Mélanie occupant la maisonnette au fond du domaine,
celle autrefois habitée par les domestiques. Le pont, le lien
entre la Reine des abeilles et le « Jeu ». Mélanie qui doit rester
un désir inassouvi, un regret perpétué, proche et lointain à
la fois. La ligne de démarcation entre le pouvoir et sa
solitude.

La Reine des abeilles a exigé que soit installé dans chacune
des pièces un écran permettant de suivre le « Jeu » 24 heures
sur 24. Outre les sept caméras destinées à filmer l'émission
en continu pour la chaîne publique, quinze webcams sont

disposées sur le plateau à l'intention de la production. Le plateau lui-même a été aménagé sur la rotonde de cette ville balnéaire choisie selon les critères suivants :

Il fallait l'été (l'optimisme d'un mois de juillet).

Il fallait le soleil et la chaleur (mais ventilée par la brise marine).

Il fallait l'océan (plus vaste que la mer).

Il fallait un lieu populaire (accessible à la classe moyenne).

Il fallait.

Et puis, le hasard a fait le reste pour Anna.

Il y a donc le ciel, le soleil et la mer.

Sandales et bikinis.

Surfeurs et touristes.

Tongs et bermudas.

Célibataires et familles.

Jeunes et retraités.

Ainsi, tout au bout de l'esplanade, face à l'océan, s'élève l'estrade où est sur le point de se jouer le défi le plus simple qui soit : toucher une voiture et attendre.

Peau contre tôle.

Règnes animal et minéral réunis.

La soumission consentie de l'homme à l'objet.

Toucher une voiture, Léo, comme si l'objet avait plus de valeur qu'une vie humaine.

Une apothéose.

Les bâches entourant l'estrade

sont retirées

une à une.

L'Alaskan apparaît.

Minérale, lourde et imposante.

Au centre de l'attention et de l'économie mondiale.

C'est elle qui gouverne, symbole des 414,5 milliards d'euros

138

de chiffre d'affaires du secteur automobile. Sans oublier tout ce qui en découle : mécaniciens, garages, parking, impôts, taxes, pièces de rechange, marché de l'occasion, industrie du pétrole et des énergies fossiles, extraction, traitement, transport, cargos, raffineries, routes, autoroutes, ponts, tunnels, viaducs, rallyes, courses, salons, motor shows, émissions télé, péages, panneaux routiers, GPS, cartes routières, plaques minéralogiques, sièges bébé, gilets jaunes, triangles de signalisation, accessoires, accessoires, accessoires, entretien des voies carrossables, publicité, marketing, police, gendarmerie, sécurité routière, campagne de prévention, feux de signalisation, radars, stations-service, marché boursier, accidents, ambulances, services d'urgence et de réanimation, pompiers, dépanneuses, handicaps, pensions d'invalidité, pollution atmosphérique, réchauffement climatique, sommets gouvernementaux, fragmentation et réaménagement des espaces naturels, morts d'animaux

(un sanglier sur la route),

un milliard deux cents millions de véhicules dans le monde.

Les accessoiristes de plateau ont fait disparaître toutes les bâches.

L'Alaskan est seule sur scène.

Nue.

Le public présent, déjà nombreux à 9 heures du matin (compter cinq cents personnes), applaudit avec enthousiasme.

Un présentateur télé, ancienne coqueluche des années 2000, joue le Monsieur Loyal. La peau de son visage est bronzée et tirée, comme lui-même l'a été, de l'oubli. Il est resté svelte, sa lutte n'est pas vaine, il affiche sa minceur dans un pantalon de toile crème et une chemise en lin blanche ouverte sur son torse lisse. La voix est celle de toujours, affectée, un ton trop haut perchée comme un moteur en surrégime. Mais le public reconnaît le timbre, l'associe de façon pavlovienne à cette émission qui le délectait le vendredi soir, où l'insulte et l'humiliation étaient attendues, espérées, le paroxysme des faux débats et des vaines diatribes.

«Les voilà», murmure la Reine des abeilles.

*

Les vingt concurrents sortent les uns après les autres d'une tente annexe et traversent la passerelle menant au plateau. Il y a la télé, bien sûr, l'officielle, celle qui filme le «Jeu» en continu, ainsi que les autres, celles des reportages locaux et des chaînes privées dont les images se calquent et se reproduisent dans une mise en abyme du réel. Il y a la presse, photographes et journalistes, couvrant l'événement. Ça démarre en fanfare, un côté kermesse et fête au village. On siffle, on crie, on encourage, on applaudit. Vingt candidats, ça draine forcément des fan-clubs derrière eux, familles, proches, amis. Dans le lot, certains en sont déjà à la première bière ou au Pastis inaugural d'une chaude journée d'été.

Les concurrents sortent de l'ombre, éblouis par les reflets du soleil sur le sable et les scintillements de la mer toute proche. Ils portent chacun un T-shirt de couleur mauve sur lequel sont écrits *Le Jeu* et leur prénom dans le dos avec un numéro, comme chez les footballeurs. Le public et les professionnels sont là à s'égayer, mais dans le fond personne n'a idée de combien va durer ce défi, personne n'a jamais vu quelqu'un toucher une voiture non-stop des heures durant. Quelles sont les limites imposées au corps et à l'esprit par un geste aussi trivial?

Anna n'a rencontré aucun des participants avant ce matin.

Ils se sont vus pour la première fois il y a moins d'une heure. Un bonjour crispé en buvant du mauvais café, des hochements de tête, l'un ou l'autre sortant une blague, une vacherie ou un encouragement selon qu'il est de nature joviale, cynique ou altruiste. Mais par-dessus tout : l'évidente manifestation d'une peur déguisée.

De manière calculée et chorégraphiée, alors que le Présentateur incite le public à les encourager, les compétiteurs se répartissent autour de l'estrade circulaire selon un ordre préétabli. Ils font face aux spectateurs qu'ils surplombent d'un bon mètre, mains dans le dos. Derrière eux, un écran géant indique les prénoms et numéros des concurrents en lice. Des centaines de capteurs disséminés sur l'Alaskan permettront de vérifier en permanence leur lien avec le véhicule :

Vert, en contact. Rouge, disqualifié.

Anna cherche du soutien dans le regard de son fils, mais la foule est mouvante et compacte. Le soleil de face l'aveugle. Elle est assaillie par un sentiment d'abandon phénoménal, proche de l'épouvante.

« Maman ! Maman ! »

Anna entend la voix de Léo se détacher parmi les vociférations. Elle peut bien avoir reçu des consignes strictes, regarder devant elle comme un gladiateur, son corps esquisse un mouvement malgré elle, un pas en avant, un pas dans le vide, lorsqu'une musique s'échappe soudain des enceintes, recouvrant la clameur, tronquant toute velléité maternelle. Anna la reconnaît sans pouvoir donner le titre exact ni nommer le compositeur, l'hymne au sacrifice, à la démesure, ceux qui vont mourir te saluent : *Also Sprach Zarathustra*, Richard Strauss.

Des frissons d'angoisse mêlés d'exaltation parcourent sa peau. C'est inattendu. Un courant électrique qu'elle doit dominer pour ne pas tressaillir. Le Présentateur incite le public à entamer le compte à rebours démarrant à

(La caméra avance sur ses rails en travelling, un temps sur chaque visage. Une idée du Présentateur né en 1969, un enfant de la télé, son talent inné pour l'audiovisuel).

« Vingt ! »

Édith (Duvivier, *54 ans, plasticienne, divorcée, sans enfant*)

« Dix-neuf ! »

Valère (Diaz, *42 ans, intermittent du spectacle, pacsé, sans enfant*)

« Dix-huit ! »

Clara (Morandini, *24 ans, mannequin, célibataire, sans enfant*)

« Dix-sept ! »

Lola (Zerfi, *22 ans, influenceuse, célibataire, sans enfant*)

« Seize ! »

Justine (Pralong, *35 ans, mariée, femme au foyer, trois enfants*)

« Quinze ! »

Bertrand (Colon, *66 ans, ouvrier à la retraite, veuf, deux enfants*)

« Quatorze ! »

Patrick (Sorbier, *55 ans, sans domicile fixe, sans emploi, célibataire, sans enfant*)

« Treize ! »

Roland (Fève, *50 ans, champion paralympique de handbike, marié, deux enfants*)

« Douze ! »

Laurence (Portier, *60 ans, boulangère, célibataire, sans enfant*)

« Onze ! »

Pierre (Delgado, *45 ans, entrepreneur, divorcé, un enfant*)

« Dix ! »

Marie (Sentier, *27 ans, programmeuse web, pacsée, un enfant*)

« Neuf ! »

Noah (Bitton, *37 ans, assureur, marié, quatre enfants*)

« Huit ! »

Coralie (Berger, *24 ans, docteur ès lettres, sans emploi, célibataire, sans enfant*)

« Sept ! »

Joel (Meier, *42 ans, agriculteur, divorcé, sans enfant*)

« Six ! »

Thiem (Nguyen, *57 ans, restaurateur, marié, quatre enfants*)

« Cinq ! »

Daniel (Schmidt, *65 ans, militaire à la retraite, célibataire, sans enfant)*

« Quatre ! »

Murielle (Pareto, *27 ans, ouvrière en conditionnement, sourde-muette, célibataire, sans enfant*)

« Trois ! »

Sarah (Cherkaoui, *30 ans, commerciale, célibataire, sans enfant*)

« Deux ! »

Oumar (Diallo, *34 ans, coach de fitness, célibataire, sans enfant*)

« Un ! »

Anna (Loubère, *35 ans, technicienne de surface, veuve, un enfant*)

« Zéro ! »

Les vingt concurrents font volte-face et se précipitent sur l'Alaskan. Ils ont vingt secondes pour choisir une zone qu'ils ne devront plus lâcher. Anna joue des coudes entre Oumar (2) et Édith (20) afin de poser sa main sur un bout de carrosserie. À peine Anna l'a-t-elle touchée qu'Édith l'écarte d'un coup d'épaule pour s'approprier sa place. Anna perd l'équilibre et tombe sur les fesses. On entend des rires, des exclamations féroces encouragent la concurrente numéro 20 venant d'écarter une de ses rivales. On reverra les images au ralenti quand on fera le point ce soir, après une première journée. Juste avant le direct, de 21 heures à minuit.

«Cinq secondes!» crie le Présentateur.

Anna se relève et parvient in extremis à poser sa main droite sur la ridelle arrière du pick-up.

Anna se retrouve entre Thiem (6) et Murielle (4) qui s'écartent pour lui faire un peu de place, affables et silencieux. Anna les remercie, il n'y a pas que des peaux de vache. Elle les dépasse tous deux d'une bonne demi-tête. Un coup de chance, elle peut bien voir la mer que domine l'estrade, à quelques centaines de mètres, par-delà la plage.

Sur l'écran au-dessus du plateau, le nom des vingt participants s'allume en vert. Certains touchent l'Alaskan des deux mains. En réalité, la dernière phalange de l'auriculaire suffirait à les maintenir dans la course. C'est que, pour certains, il y a besoin de se soutenir et de reprendre son souffle après la tension du départ. Sans compter ceux qui ont peu dormi, qui éprouvent les premières tensions dans le bas du dos, tandis que le Présentateur braille derrière eux, rappelant les règles du Jeu, nommant et remerciant les nombreux sponsors.

Dès les premières minutes, sous la chaleur moite du chapiteau déjà brûlé par le soleil, dans la confusion et les éclats de l'excitation générale dominée par la voix du Présentateur, Anna mesure de manière aiguë la cruauté de l'épreuve. Elle pourrait y renoncer à l'instant, il le faudrait. Mais il y a:

Le cruel besoin d'argent.

Leurs plans sur la comète.

Leurs rêves à taille humaine.
Un camion-rôtisserie.
Un *gun* à récupérer.
La Californie.
Qui sait si une promesse peut aider à traverser l'enfer ?
Le supplice peut commencer.

20. ACIER

Le Présentateur a quitté la scène, il reviendra ce soir. Au pied de l'estrade, il n'y a plus que des badauds de passage, ventre mou du «Jeu» entre douze et dix-sept; il y en aura, de ces heures creuses, inutiles, à jeter en pâture au temps perdu, gaspillage de vie. On jette un œil sur les bêtes de foire, et puis on va planter son parasol dans le sable et plonger dans l'eau fraîche de l'océan, les veinards.

«Hé, Anna! Mais qu'est-ce que tu fous là?!»

Anna dégouline de sueur, du coin de l'œil, elle cherche la voix qui la sort de sa torpeur.

«T'es dans le Jeu, toi?!»

Sans lâcher la carrosserie, Anna tord son cou pour mieux regarder derrière elle. Il lui faut quelques secondes avant de reconnaître Tanguy qui remonte ses lunettes de soleil sur son front. Le contour pâle de ses yeux contraste avec son visage bronzé. Il n'y croit pas de la voir agrippée à cette voiture.

«J'ai mal à la nuque, je peux pas causer avec toi, fait Anna.

— T'es l'enfant du pays, c'est ça?

— C'est ça. Et toi, t'as l'air d'un panda sans tes lunettes. Allez, fous le camp.»

Mais tout de même: le fait que le jeu se passe à quinze kilomètres de chez elle, qu'elle ait pu s'inscrire au dernier moment, ça la questionne, Anna, ces convergences. Du hasard? Ou un destin qui s'écrirait après coup? Si on pouvait savoir ce qui se trame autour de nous, les forces agissant à notre insu, on serait terrifiés. Ou émerveillés, qui sait? Mais il n'y pas de place pour les grandes questions, plus de légitimité pour la recherche du sens et de l'introspection; il s'agit maintenant de tenir.

Tanguy hésite, ne sait plus trop comment interpréter ce silence, s'il lui faut rire ou s'attrister.

«S'il te plaît», insiste Anna en tournant à nouveau sa tête.

Tanguy comprend, perçoit le ridicule de la situation. Même lui, habituellement indifférent à l'effervescence de la saison touristique et des vacanciers en sandales-socquettes; Tanguy, auquel le look surfeur donne cette apparence de superficialité et d'indolence.

«Bon, ben... Si je peux faire quelque chose... T'as besoin de rien?

— J'ai besoin d'un tas de trucs, mais tu ne peux rien pour moi, non. Le règlement l'interdit.

— Parce qu'il y a un règlement?

— Ouais, bien sûr. Même le concours le plus con du monde a un règlement, figure-toi.

— J'ai... Je repasserai t'encourager, alors.

— Ouais, Tanguy, merci. Prends soin du *gun*.

— Bien sûr. La prunelle de mes yeux. À plus, Anna.»

Tanguy s'éloigne, s'arrête, hésite, revient sur ses pas.

« Dis, Anna ?

— Quoi encore ?

— Tu serais OK de... de porter une casquette du... de ma boutique ? »

Anna le dévisage, incrédule.

« Je sais, me regarde pas comme ça, merde. »

Anna finit par acquiescer, elle reprend sa position, accrochant la ridelle des deux mains.

« Je t'apporte ça, fait Tanguy. *Aloha*.

— C'est ça, *Aloha*. »

Ses épaules s'affaissent, elle accuse le coup, elle a soif. Elle évite de se retourner pour ne pas ajouter une encoche à sa honte. Thiem, le numéro 6, s'est quasiment accroupi à ses pieds, et lui sourit.

« *Je ne suis pas un numéro, je suis un homme libre !* » lâche-t-il en plaisantant. Anna baisse la tête, lui sourit par politesse.

« Vous ne connaissez pas ? insiste le numéro 6.

— Pardon ? demande Anna.

— Cette phrase est celle d'une série.

— Désolée.

— *Le Prisonnier*, Patrick McGoohan, le type enfermé dans le « Village »... Ça ne vous dit rien ?

— Je dois être trop jeune », plaisante Anna.

Le rire du numéro 6 ressemble à un couinement. Son regard se perd dans le vague, à moins que ce soit sur les cuisses d'Anna moulées dans le short en jeans. Elle se tourne de côté, mais le bonhomme insiste pour faire la causette.

« J'avais 10 ans quand j'ai traversé la mer de Chine avec mes parents et une centaine de réfugiés. Presque trois semaines en mer. La moitié sont morts. On jetait les cadavres par-dessus bord, à cause des maladies. On était entassés les uns sur les autres, la soif et la faim, la mort comme issue la plus probable... Les *boat people*, fuyant le Vietnam, *ça*, vous en avez entendu parler au moins ?

— Pourquoi vous me racontez cette histoire ?

— Pour vous éviter une perte de temps. Mais surtout, une souffrance inutile.

— Je ne comprends pas.

— Aucun de vous, ici. Aucun de vous ne pourra me battre après ce que j'ai enduré.

— Ferme-la, le bridé ! »

Ça, c'est Daniel, le numéro 5. Il a dit ça d'une voix rauque de fumeur. Faudra s'y habituer à lui aussi, et à sa main en plastique. Anna se demande ce que ça fait de toucher la voiture avec une prothèse, si c'est plus ou moins facile qu'avec une vraie main.

Anna regarde ses adversaires. Thiem plisse davantage les yeux, si c'est possible. Sans doute sa façon à lui de mépriser l'ancien légionnaire. Au moins, ça aura eu l'avantage de mettre un terme à la conversation. Contrairement à la partie avant de l'Alaskan où les conciliabules vont bon train et les concurrents s'organisent entre eux. Une sorte de front commun et temporaire se dessine : ceux à l'avant décidés à éliminer ceux à l'arrière, et après on verra. Et toi dans tout ça, Anna ? Observer ? Repérer les leaders ? Envisager des alliances ? Ébaucher une tactique ? Devenir *politique* ? Cette mesquinerie d'une solidarité de façade alors que la règle du jeu impose le contraire et instaure le chacun pour soi. N'est-ce pas le monde, Anna ?

Anna baisse la tête entre ses bras, ferme les yeux, expire lentement.

Et s'enferme en elle-même.

Qu'il aille se faire foutre, le monde.

Mais pas tant que ça, pas aussi facilement que ça, pas comme elle voudrait. Arrive son tour :

(Numéro un, pause toilettes !)

Cinq minutes, montre en main.

Le temps qu'elle comprenne que c'est à elle qu'on s'adresse, elle a déjà perdu trente secondes.

Elle lâche la carrosserie.

Système déconnecté. L'alarme ne sonne pas.

Ses paumes sont brûlantes.

*

Le soleil se penche lentement à l'horizon, prolonge la lumière de cette journée interminable. C'est le début des apéros qui durent pour le commun des mortels, celle des bilans pour les vingt concurrents après les premières douze heures d'immobilité : muscles ankylosés et courbatures (bras, jambes, dos), fatigue générale, bouche sèche, faim et soif, mais la soif d'abord, la soif avant tout, qui taraude et vous bouffe l'esprit. Il y a bien eu, à tour de rôle, la deuxième autorisation à se rendre aux toilettes attenantes au podium, mais pas une goutte de flotte, rien. Vraiment sèches, les latrines, avec juste du désinfectant pour les mains. Tous ont signé un contrat stipulant les règles du jeu et la marche à suivre. Tous ont accepté.

Sur la scène, les caméras « dômes » se font inquisitrices, l'œil des mini-objectifs gérés à distance tourne sur les rails, se déplace latéralement, filme des plans en 4:3 criants de vérité. Les chariots des caméscopes se déplacent avec précision et rapidement, jusqu'à dix mètres/seconde, afin de ne pas manquer le visage qui se défait, l'expression qui lâche, le corps en souffrance.

Alors, quand le régisseur de plateau crie *(Ravitaillement!)*, les concurrents se regardent et esquissent un sourire; ou poussent un soupir de soulagement; ou crient «Enfin!» ou «C'est pas trop tôt!»; ou ne réagissent pas comme Murielle, parce que sourde; ou comme Anna, parce que fière.

Ou, comme Clara Morandini (18) qui se fait surprendre et lâche connement l'Alaskan parce que trop émotive.

Elle repose immédiatement sa main, mais c'est inutile.

La sirène s'enclenche, un son rauque et répétitif à vous faire paniquer. L'annonce d'une catastrophe. Son nom se met à clignoter en rouge. Du coup, la place s'anime, du public accourt. Et Clara la mannequin ne comprend pas vraiment ce qui se passe, elle regarde sa main comme une idiote, sa main qui ne tient plus rien, une main dépourvue de sens.

Clara Morandini éclate en sanglots. Elle est magnifique dans son chagrin. Une pure beauté féline avec ses longues jambes et son port altier. Pas forcément la première concurrente que les organisateurs auraient voulu voir éliminée.

Mais il y a une chose que le «Jeu» ne dit pas, parce que, au fond, le «Jeu» est sans artifice. Le «Jeu» ne regarde personne au-delà du toucher.

L'apparence n'a pas voix au chapitre.

La beauté n'a rien à voir là-dedans.

*

À l'injonction «Ravitaillement!», Léo se dirige vers le podium. On le bouscule, il est le plus petit. Léo fait partie des «Anges gardiens», avec son nom et le numéro d'Anna imprimés sur son T-shirt. Trois fois par jour, il est autorisé à porter vivres et assistance à sa mère sur le plateau. Derrière lui, dans les coulisses, le père de Clara Morandini le retient par l'épaule.

«Hé, petit! Tu donneras ça à ta maman, dit-il à Léo en lui offrant un sac. Pour moi, c'est déjà fini.

— Mais, elle... elle aura faim, non?

— Elle va surtout pleurer, ma Clara, je la connais. Mais t'inquiète, bonhomme, on ira se faire un bon restau. Je lui avais bien dit que ce jeu n'était pas pour elle.»

Léo a déjà son sac avec les provisions, mais il remercie poliment et prend celui que lui tend le monsieur. Du coup, il est le dernier à entrer sur le plateau et se dépêche de rejoindre sa mère. Il est aveuglé par les spots qu'on vient d'allumer, la température grimpe encore sous le chapiteau surchauffé, tribut à payer aux caméras, tandis que le soir et sa fraîcheur se font désirer.

Avec les Anges gardiens à la rescousse, ça fait beaucoup de monde autour du pick-up. Son pourtour mesure 14,5 mètres, d'accord, mais ça fait quand même cher la place. On se touche forcément, même si les concurrents ont compris qu'il est préférable de s'aligner de profil pour le bien de tous. Sauf Roland, le numéro 13 paraplégique, assis sur son fauteuil. D'ailleurs, à un moment, il l'a dit, et ça a bien fait rigoler ses voisins: «Pour une fois que je suis le plus chanceux, hein?». Mais Roland est à l'avant, dans le groupe qui, de toute façon, a opté pour l'élan solidaire.

«Comment tu vas, maman?»

Pour toute réponse, Anna serre Léo contre elle avec un seul bras, presque avec violence. Il a manqué de peu qu'elle lâche la tôle pour l'embrasser avec ses *deux* bras, mais Léo a plaqué sa main sur la sienne, refrénant cet instinct qui peut vous disqualifier, le temps d'un battement de paupières.

Une des caméras s'arrête au-dessus d'eux. Anna entend le

léger bruit que fait le mécanisme en approchant sur ses rails. Comme un réflexe de survie, chaque concurrent et son Ange gardien se recroquevillent sur eux-mêmes, créant une sorte d'intimité à l'abri des regards et des objectifs.

« On doit se dépêcher, maman, fait Léo en se dégageant de l'étreinte.

— Quinze minutes, c'est bien suffisant.

— Oui, mais quand même : faut que tu boives et que tu manges, allez. »

Anna prend la bouteille que lui tend son fils, colle ses lèvres au goulot et ne la lâche plus.

« C'est quoi cette casquette ? »

De l'eau coule aux commissures et dans son cou, elle s'essuie la bouche du revers de la main.

« Le magasin de Tanguy.

— Je vois, ouais. Tu fais de la pub pour ce con ?

— C'est pas un con. »

Léo ouvre un des sacs.

« T'as acheté des trucs véganes ?

— C'est le père de la concurrente éliminée, il me l'a donné.

— Sinon, t'as apporté quoi ?

— Ben, thon-mayo, ma spécialité..., fait Léo en souriant.

— C'est peut-être pas plus mal de rester légère, non ?

— Vas-y, je me vexerai pas. Je le mangerai plus tard.

— Comment ça va à la maison ?

— On s'en fiche de la maison. Mange ! Est-ce que tu as le droit de t'asseoir ?

— Je sais pas, personne ne l'a encore fait.

— T'es debout depuis ce matin, c'est de la folie. Tant que ta main touche, tu ne risques rien.

— Tu crois ?

— Rien dans le règlement l'interdit. »

153

Anna coince son sandwich *avocat, huile de sésame et citron-nelle* dans sa bouche, fait glisser sa main le long de la carrosserie. Rien ne se passe sur le tableau lumineux, son nom est au vert. Les concurrents qui l'ont vu faire l'imitent aussitôt ; des applaudissements retentissent dans le public.

« Bravo Anna ! crie quelqu'un.

— Tu vois ? T'as même ton fan-club ! Je t'ai apporté ça, ajoute Léo en sortant un matelas gonflable de son sac à dos. C'est les Fincher qui me l'ont donné.

— C'est leur idée ?

— Non, la mienne.

— Sept minutes ! » aboie le régisseur.

Léo déplie le matelas de camping au sol, dans le prolonge-ment du pneu arrière de la voiture. Il souffle dans la valve. Le tapis se gonfle de cinq centimètres, de quoi s'installer confortablement.

« T'arrête pas, continue de manger. »

Léo sort également un rouleau de gros scotch de peintre.

« Ça va être ta place pour la nuit, maman. N'en bouge plus, d'accord ? »

D'un côté Thiem (6) avale une soupe de vermicelles préparée par sa femme. Ils discutent en vietnamien, font sans doute le point, eux aussi. De l'autre, Murielle Pareto (4) converse en langue des signes avec son frère. Derrière elle, Oumar Diallo (2) mord à pleines dents dans un hamburger tout en buvant une boisson protéinée que lui a apportée un copain bodybuildé avec un tatouage de Titi sur l'épaule.

Léo approche son visage de celui de sa mère, se met à chuchoter :

« De l'autre côté de l'Alaskan, deux concurrents vont faire pareil que toi avec leur sac de couchage. Ils vont s'allonger en touchant le pneu pendant la nuit. Je les ai entendus qui en discutaient ce matin dans le « sas ».

— Le « sas » ?

— C'est où on attend avant de monter sur le plateau. J'ai pensé qu'on pouvait améliorer leur tactique avec un matelas gonflable et en scotchant ta main au pneu pendant la nuit.

— Me scotcher la main... !

— Comme ça tu es sûre de ne pas lâcher durant ton sommeil. Je te laisse aussi un oreiller gonflable et une couverture. C'est bon, tes trucs véganes ?

— Moyen.

— Grouille-toi d'avaler ton avocat. »

(Deux minutes !)

« Vous allez être interviewés tout à l'heure ? demande encore Léo.

— C'est ce qui est prévu. Trois heures d'émission en direct...

— Ça fera passer un peu le temps. Et après, tâche de dormir, d'accord ?

— Dis, c'est toi ou moi, la maman ? demande Anna en souriant.

— C'est toi, toujours ! »

Anna termine son repas, Léo ramasse les déchets, débarrasse emballages et papiers.

(Une minute !)

« Bon, ben, je dois y aller. N'oublie pas ce que je t'ai dit, hein ?

— Je n'oublie rien, le rassure Anna.

— Au fait, je sais ce que veut dire Alaskan.

— Alaskan ? Le nom de cette bagnole qui est devenue ma meilleure amie ?

— C'est le nom qu'on donne aux chiens de traîneau, des huskies croisés avec d'autres races.

155

— T'as trouvé ça sur Wikipédia ?

— Comme le chien Buck dans *L'Appel de la forêt.* »

(Les Anges gardiens sortent du plateau ! Trente secondes !)

Et si tout était lié ? pense Anna.

Léo suit les Anges gardiens qui s'en vont, il se tourne une
dernière fois pour saluer sa mère,

croise son regard perdu.

Et ça lui arrache le cœur.

*

Léo rentre chez lui, rien d'autre qu'il puisse faire pour sa
mère avant demain matin. Il parcourt à vélo la quinzaine de
kilomètres séparant la station balnéaire du mobile home. La
piste cyclable, jonchée de pommes de pin et saupoudrée de
sable, s'insinue dans la forêt au pied des dunes. L'asphalte est
boursouflé par les racines. Par endroits, là où les conifères ont
été replantés, la piste continue à ciel ouvert, une voûte bleu
pâle dont les dégradés s'éclairent de rose. Un héron cendré
plane en direction de l'océan puis tourne sur lui-même.

À cause des tracas de ces derniers temps, Léo n'a plus surfé
à la tombée du jour. Et s'il y a une chose qu'il aime par-dessus
tout, c'est attendre les vagues au crépuscule sur le *line up.*
Du sel dans les yeux, à califourchon sur sa planche, ébloui
par tant de plénitude.

De retour à la maison, il se douche, s'installe devant la télé
allumée sur la deuxième chaîne, et range dans le frigo les
sandwichs qu'il avait préparés pour sa mère. Léo se coltine une
série de pubs, en profite pour aller prendre un coca dans le
frigo. Dernière publicité, le générique du « Jeu » est enfin lancé.
On y voit l'Alaskan, ses atouts, son prix, le défi qu'il représente.
Suivent les portraits des candidats avec leur prénom, leur âge,

ainsi qu'une brève présentation. Le programme débute avec un résumé de la première journée : interviews croisées des concurrents dans les coulisses avant l'épreuve, une vidéo-minute de chacun d'eux, et Léo est d'abord fier de voir sa mère se présenter tout en fixant l'objectif de la caméra. Elle porte son vieux T-shirt Billabong orange, ses cheveux courts mettent en valeur les traits fins de son visage. Elle est bronzée et magnifique. Elle parle de lui, Léo, son fils qui sera son Ange gardien. Et Léo se souvient de cette matinée passée avec l'équipe de reportage pour la séance d'enregistrement, l'ennui que ça avait été d'y participer, toujours à attendre qu'on règle quelque chose, une lumière, le son, un objectif. Lui, par contre, se trouve un peu bête avec ses cheveux longs — sa voix qui mue, ses bras d'Australopithèque —, debout sur la plage à parler de surf, confessant que, si jamais ils gagnent, sa mère s'achètera un nouveau *food truck* et qu'ils feront un voyage en Californie... Léo pose son sandwich, n'a plus faim tout à coup. Cette impression qu'on lui a pris quelque chose de personnel et d'intime. Il y a bien la suite de l'émission, avec le Présentateur qui, maintenant en direct, fait le tour des candidats, leur pose des questions avec une empathie fabriquée. Et quand il voit sa mère assise près de son pneu, portant cette casquette ridicule, le maquillage qu'on vient à peine de lui renouveler afin de paraître moins éprouvée et plus télégénique, Léo ne supporte plus.

Il éteint.

Il suffirait de ce geste, au fond, si simple et évident.

Éteindre.

Ne plus être complice.

Léo sort du bungalow.

Des larmes au bord des cils, pas beaucoup. Juste ce qu'il n'arrive pas à contenir de rage et de dépit.

Il décide de faire un tour. S'emplir de la nuit d'été, respirer l'odeur de résine pour effacer le malaise. Il ne ferme pas à clé, déambule en tongs entre les mobiles homes. Plus loin, au-delà de la limite des habitations des résidents, il y a les tentes, les camping-cars, les bungalows de toile nettoyés par sa mère, les touristes, la vie en été. Mais cette limite-là, il n'a pas envie de la franchir; les voir se brosser les dents, faire leur vaisselle ou attendre leur tour pour passer aux sanitaires. Il en a assez de la promiscuité, il voudrait une grande maison, quelque chose qui soit plus qu'une mère seule et des plats à réchauffer. Et son vœu est en partie exaucé quand il entend les Fincher jouer de la guitare et chanter faux. Il s'approche, les salue de la main. Sans s'interrompre, ils lui font signe de grimper les marches et de les rejoindre sur leur terrasse. Il s'assied, dos appuyé contre la balustrade, et les écoute. Jacob s'efforce de garder le rythme, Margaret se balance en avant et en arrière au gré de la mélodie, paupières closes, un sourire béat sur le visage. Leurs voix sont une torture, mais elles sont compensées par leur enthousiasme. Intuitivement, Léo comprend qu'ils sont des gens du monde d'avant, d'avant quoi, il ne sait pas, mais d'avant lui, juste avant la catastrophe qui s'annonce.

Quand la chanson est finie, Margaret ouvre les yeux et lui demande s'il a mangé, Léo fait non de la tête.

«J'ai préparé du gaspacho, et même si tu connais pas, je t'oblige à en manger!»

Léo s'approche de Jacob qui lui demande comment va Anna. «Bien, répond Léo.

— Elle est têtue, ta mère, hein?»

Le vieil homme allume une de ses beedies et le garçon ne comprend pas comment on peut fumer ça sans avoir la nausée. «Tu sais quoi? Personne ne vous chassera d'ici, Léo, personne...

— Jacob a bien raison, lui fait écho Margaret en revenant avec un bol et deux tranches de pain noir. S'il le faut, on appellera les journalistes et on s'enchaînera tous les deux à votre mobile home!

— On a l'avantage de la vieillesse, ajoute Jacob en lui adressant un clin d'œil. Ils nous prendront en pitié.

— Deux vieux contre une banque, ils n'ont aucune chance!» conclut Margaret.

Léo prend son bol et rit avec eux.

En son for intérieur, il réalise qu'ils sont bien les seuls, oui. À s'inquiéter pour eux et à les aider.

21. TÔLE

Ce qui n'est plus tout à fait exact, en réalité.

La soudaine célébrité d'Anna et de Léo génère des élans de générosité : le gérant du supermarché local a décidé de les soutenir.

Du coup, à 8 heures précises, Léo est le premier à accourir sur le plateau avec un cabas *Intermarché* bien visible du public.

« Tu as pu aller aux toilettes ? demande Léo.

— Au réveil, oui. C'est quoi ce sac ?

— Un sponsor.

— Sérieux ?

— Tout ce que tu veux du magasin. T'as qu'à demander. »

Dans les coulisses, Léo a appris que quatre participants ont lâché durant la nuit. Les numéros 7 (Joël Meier), 10 (Marie Sentier), 12 (Laurence Portier) et 16 (Justine Pralong). Les concurrents restants se mettent plus à l'aise, s'écartent les uns des autres ; consolation atténuant ce qui commence à ressembler à une épreuve.

Avec sa main droite, Anna passe la serviette humide sur son visage et son cou. Léo la rince avec l'eau chaude du thermos, lui tend une savonnette. Anna efface lentement l'odeur âcre sous ses aisselles.

Main droite, aisselle gauche — poser la main gauche sur la carrosserie.

Main gauche, aisselle droite — décomposer les mouvements, les contrôler, ne pas laisser libre cours à la pulsion qui vous dit de lâcher et de vivre votre vie.

«Apporte des lingettes, la prochaine fois. Ce sera plus simple. Dis, le gérant, c'est un grand type à la carrure de joueur de rugby ?

— Ouais.

— Tu le remercieras. Des lingettes, oublie pas. »

Léo lui donne un T-shirt propre remis par les organisateurs. C'est toute une histoire pour ôter l'un et endosser l'autre, mais Anna ne supporte pas sa propre odeur de sueur et ne peut attendre.

Parmi les curieux du matin, des types de retour de beuverie se mettent à la siffler. Ils la voient en soutien-gorge et c'est plus fort qu'eux. Pour changer de sous-vêtements, elle devra attendre l'autorisation de midi lors de la prochaine pause pipi. Anna s'inquiète d'avoir ses règles, supplie son corps de ne pas lui infliger cette gêne supplémentaire. C'est toujours plus difficile quand on est une femme.

Léo se tourne vers les hommes, prêt à leur dire quelque chose.

«Laisse, ça ne sert à rien, dit Anna.

— C'est toi qui dis ça, maman ?

— Il a raison votre petit, intervient Bertrand (15), positionné en face, en partie masqué par la cabine de l'Alaskan. À force de laisser tomber, on entend causer seulement les cons.

« Hé! Têtes de nœud, reprend l'ancien syndicaliste à l'adresse des ivrognes. Excusez-vous auprès de la jeune dame!

— C'est ça le vieux! répond l'un d'eux, lâche pas ta bagnole, et ferme ta gueule!»

Les Noirs bodybuildés du service de sécurité interviennent près des barrières de protection pour calmer les jeunes excités.

« Merci quand même, fait Anna.

— Y a pas de quoi. Au moins, j'aurais pas fermé ma gueule, voyez?»

Le bonhomme passe une main épaisse sur sa moustache qui le fait ressembler à un morse. Des touffes de poils gris dépassent du col de son T-shirt.

Anna constate qu'il est seul.

« Et votre Ange gardien, il est où?

— Un gars de la régie m'apporte de quoi manger», fait Bertrand en sortant un sandwich d'une poche en plastique.

Lors des présentations des candidats, Anna a cru entendre qu'il a deux enfants, mais aucun d'eux n'est là.

« Deux garçons, ouaip. Mais chacun vit sa vie. Vous inquiétez pas pour moi, 35 ans d'usine chez ArcelorMittal, j'ai du coffre!»

Anna ne relève pas, sa façon à elle de prendre congé et de revenir à l'essentiel : sa survie dans le « Jeu ».

« Ça va être dur, Léo.

— Il ne reste que six femmes. Vous n'êtes plus que quinze, en tout.

— *Encore* quinze, tu veux dire. »

Léo constate le visage fatigué de sa mère, les traits tirés. De nouvelles rides semblent apparaître en filigrane sous la peau.

«Au fait, tu les as entendus quand ils ont abandonné?

— Forcément, l'alarme sonne même la nuit. Mais j'ai pas regardé qui c'était.

— Comment ça va avec le matelas?

— Super. Le problème, c'est que je dors par tranches de quinze, vingt minutes. Mais le scotch, Léo, c'est génial.»

Léo sourit, prend le second thermos contenant le café. Il lui a également préparé des tartines au miel. Comme pour les précédents ravitaillements, les concurrents et leurs Anges gardiens se replient sur eux-mêmes, créant une sorte de cocon.

«C'est bon?»

L'enthousiasme avec lequel Anna mord dans ses tartines vaut toutes les réponses.

«Au fait, reprend Léo. Paraît que le programme cartonne...»

Anna s'interrompt de mâcher, lui dit, la bouche pleine:

«Regarde pas. S'il te plaît. Ne regarde pas.»

Son fils baisse la tête. Il n'ose pas lui dire ce qu'il a ressenti en la voyant sur l'écran, cette caméra qui lui volait sa mère. Cette émotion qu'il n'avait jamais ressentie jusque-là, qu'il ne sait toujours pas nommer (et qui est la pitié, Léo).

Il se contente d'acquiescer.

(Trois minutes!)

Anna remet sa casquette bleue où il est écrit en rose: *Tanguy Surf Shop.*

*

À neuf heures zéro cinq, Mélanie se présente devant la Reine des abeilles pour lui transmettre le rapport d'Audimat des premières 24 heures du «Jeu». La Reine des abeilles prend sa collation — œufs, bacon, pain toasté et fromage blanc — sous la pergola, à l'ombre des feuilles de vigne. Voir arriver Mélanie les bras chargés de documents, ça lui rappelle sa campagne électorale. Elle a beau avoir été élue à près de 55 %, ne plus rien espérer de mieux d'un point de vue politique et professionnel, elle ressent tout de même ce frisson lié à l'incertitude, sel de la vie.

Mélanie s'incline légèrement, salue la Reine des abeilles avec un sourire porteur de bonnes nouvelles. Elle détache le dossier de son *clipboard* et le fait glisser sur la table, à l'écart de la théière et du beurrier.

La Reine des abeilles ouvre le document à la première page, elle aura tout le loisir ensuite de décortiquer les résultats région par région. Quand elle lit « treize millions » aux heures de grande écoute, et que la moyenne générale se situe à 9.7 millions, elle décide de s'accorder la première cigarette de la journée.

« C'est un succès, Madame.

— Un euphémisme, Mélanie.

— Vous pouvez l'imaginer, le Conseil est ravi. Il me charge de vous transmettre ses félicitations pour l'efficacité de vos services médias. La cotation en bourse des différents partenaires monte en flèche. Endemol songe déjà à une deuxième saison en intérieur pour la période de Noël. Les sites de paris en ligne sont pris d'assaut et les cotes des candidats sont importantes. Le groupe Renault prévoit une campagne de promotion dans tout le pays dès que le gagnant sera connu.

— Ou la gagnante. Une femme, ce serait mieux. »

La Reine des abeilles allume enfin sa cigarette, geste anodin emprunt de sa solennité habituelle, les paupières closes au moment de la première bouffée, une attitude qui donnerait à n'importe qui l'envie d'en griller une. Combien de cigarettes Mélanie lui a-t-elle vu allumer ainsi ? Un bon millier. Et la Reine des abeilles est toujours là, son dernier contrôle

médical fait état de poumons immaculés et d'une tension
artérielle à 130/70.

«Depuis quand êtes-vous debout, Mélanie?

— Six heures ce matin, Madame.

— Avez-vous profité de la piscine depuis votre arrivée?

— Pas encore.

— Faites une pause, les chaises longues sont particulière-
ment confortables et l'eau est à 25°. Geneviève vous apportera
des rafraîchissements et un petit lunch...»

Mélanie en profitera également pour appeler cet homme
qu'elle fréquente depuis quatre mois maintenant. Cet homme
dont le corps lui manque, ces heures creuses et moites gâchées
à ne pas jouir, le désir appelant le désir.

L'attente est partout.

«Tout va bien, Mélanie?

— Heu, oui, bien sûr. Je vous remercie, Madame.»

La Reine des abeilles en profitera pour faire un détour par
le bassin. Derrière ses verres fumés, le temps d'un échange
informel, elle en profitera pour observer le corps de son assistante qu'elle a hâte de découvrir en maillot de bain: le grain
de la peau, la cambrure des reins, l'arrondi de la poitrine.

Tout ce qu'elle ne pourra jamais toucher, soupire la Reine
des abeilles.

*

Vues d'ici, les voiles rectangulaires des kitesurfs sont des
confettis dans le ciel. Pourtant, par un phénomène inexpli-
qué, la brise soufflant depuis le large faiblit et s'éteint au seuil
du chapiteau, où c'est la fournaise.

Le T-shirt d'Anna s'est assombri sous les bras et sur le torse.
La sueur déborde, les taches s'étalent, son corps est en crue.

Elle a jeté sa casquette. Comme les autres, elle a ôté ses chaussures et réduit le port des textiles au minimum dicté par le règlement (torse couvert et short pas plus court que la mi-cuisse). Les concurrents s'arracheraient la peau s'ils le pouvaient. Surtout les hommes qui semblent souffrir davantage.

Ils sont là depuis 27 heures, maintenant. Personne ne saurait dire combien ils pourront tenir encore. On change de position de plus en plus souvent. On s'assied, on se lève, on s'étire. On s'agite. Aucun subterfuge pour aider à passer le temps, il n'est plus une entité abstraite et relative. Il est épais, cruel et brûlant. Ici, le temps vous efface. Vous êtes réduit à l'essence de vous-même : un être qui attend la fin.

Malgré l'étuve accrue par la chaleur des projecteurs, l'effervescence règne sur le plateau. Le staff prépare le direct avec le Journal Télévisé de 13 heures. Celui que présente Marie-Ève Langhieri, cette journaliste aux yeux d'ambre, belle et sexy, celle qui vous parle de sport ou de guerre de sa voix suave, comme si tout était sur le même plan. Parce que ses longs cils et sa bouche maquillée. Parce que son corps souple. Parce que, de la façon dont elle vous regarde et dit les mots, rien ne peut être grave, rien ne peut être vraiment laid.

Les techniciens sont affairés, tirent des câbles, vérifient leurs éclairages. Les Anges gardiens attendent en coulisse. Comme d'habitude, on leur a fait endosser le T-shirt portant numéro et prénom du concurrent qu'ils ravitaillent. On demande à Léo de passer dans la loge de maquillage.

« Ferme les yeux, lui dit la fille. C'est rien, juste pour atténuer le reflet des lumières. Avec ta peau mate, pas besoin d'en mettre beaucoup. »

La maquilleuse lui passe une légère couche de fond de teint, Léo grimace.

«J'en profite pour te couper un peu les cheveux? demande
la fille.

— Ça va, merci.

— Sûr? Tu auras moins chaud comme ça.»

Léo hausse les épaules.

«On met un peu de gel pour dégager ton visage?

— Heu... Non, merci.

— Tu as un beau visage, c'est dommage de ne pas le
montrer...»

Léo se demande surtout si la fille peut le voir rougir sous
le fond de teint.

«S'il vous plaît, non.

— Comme tu veux. Pour la coupe, si tu changes d'avis,
dis-le-moi. Et même si ta maman est éliminée, tu reviens
vers moi, aucun souci. Ce sera toujours un coiffeur gratos!
Allez, file!»

Elle ne sera pas éliminée.

Léo sort des loges et retrouve le reste des Anges gardiens
dans l'antichambre du chapiteau. À H moins 10 minutes,
on les a parqués dans le «sas», assis dans un coin pour ne pas
gêner le mouvement des équipes de plateau. Si on le lui
demandait, Léo ne saurait quoi dire sur ceux qu'on nomme
ses «camarades» («*Allez vous installer près de vos camarades,
suivez vos camarades, rejoignez vos camarades...* »). Il est le
seul enfant parmi ces visages qui lui sont indifférents. Il n'y
a pas de confraternité ni de solidarité entre eux. On évite de
se parler. Il remarque seulement leurs regards à la dérobée,
cette façon qu'ils ont de s'épier les uns les autres, prêts à saisir
ou à voler (une idée, un geste, une attitude). Ils ne sont pas
plus méchants que ça. C'est une simple pyramide avec un
seul vainqueur à la fin, la structure du «Jeu» détermine le
comportement de chacun.

Le Présentateur apparaît : chemise blanche immaculée, chevelure en minivague, sourire affirmatif. Le récepteur coincé dans son oreille et le micro HF clippé au-dessus du troisième bouton. D'un geste naturel, il ébouriffe les cheveux de Léo tout en posant sur les Anges gardiens un regard panoramique : « Tout se passe bien, ça va ! » Ça aurait pu être une vraie question, mais son rire de crécelle immédiat ne laisse pas d'autre possibilité que l'acquiescement. Léo sent la main moite du Présentateur sur sa tête, son parfum poivré l'écœure. Il voudrait faire un pas de côté, n'ose pas se soustraire au grand homme.

C'est alors que la sirène retentit, la main quitte aussitôt son crâne. Le Présentateur se précipite à l'entrée du plateau, les Anges gardiens accourent dans son sillage, grégaires et inquiets que ce soit leur concurrent qui ait lâché.

« Putain, Oumar », constate son Ange gardien.

« Oh, le con ! » s'exclame le Présentateur.

Le numéro 2 (Oumar Diallo), regarde d'abord sa main, incrédule, puis les autres concurrents qui sont aussi surpris que lui : le ravitaillement imminent, le direct du JT apportant ses quelques minutes de gloire, tout ce qui permet d'alléger la pression psychologique, de reprendre des forces physiques. Non, avoir lâché *avant* est incompréhensible, une rumeur de désapprobation et de stupeur parcourt le public. Une sentence condamnant sans appel. On ne peut pas être aussi stupide, pensent-ils.

« C'est pas moi, c'est ma main ! » hurle le numéro 2.

Mais l'écran géant est implacable : son nom clignote en rouge.

Oumar Diallo repose sa main sur la carrosserie comme s'il n'était pas éliminé.

« Il faut y aller, Monsieur, fait le régisseur en saisissant son coude pour l'emmener.

— C'est rien, je te dis. Juste une seconde d'inattention, d'accord?!

— C'est le règlement, désolé.

— Lâche-moi, tête de nœud! crie Oumar. Cette bagnole est à moi. »

Mais le régisseur insiste et le bras hypertrophié du *bodybuilder* l'envoie valser à deux mètres. Le régisseur trébuche sur un câble.

Dans le public, on s'excite, on rigole, on s'indigne. Les plus vicieux l'encouragent à ne pas céder et à foutre le bordel. Ce qui n'est pas du goût des autres concurrents sur le plateau.

« Soyez raisonnable, l'incite Valère Diaz (19). C'est le jeu, et...

— Ta gueule, la fiotte, lui rétorque Oumar.

— Dégage, bordel! lui gueule l'ancien légionnaire Schmidt (5).

— Toi, le Gaulois, je te démolis dès que cette histoire est finie, répond Oumar.

— Messieurs, on ne parle pas ainsi, on se modère, c'est la moindre des choses! Vous faites honte au Jeu! » (Lola Zerfi, 17).

Le régisseur se relève, frotte son genou endolori, attend les consignes quant à la marche à suivre. Le Présentateur regarde sa montre. H moins 4. Laisser dégénérer ou intervenir? La réponse arrive depuis la cabine de régie en lien direct avec les instances du « Jeu », aussitôt transmise dans l'oreillette du Présentateur.

Quatre costauds du service de sécurité saisissent Oumar Diallo qui s'accroche au rétroviseur de l'Alaskan. On lui donne un coup dans les reins, il lâche prise. L'Ange gardien du numéro 2 est également neutralisé par une seconde équipe alors qu'il allait se précipiter pour aider son ami.

La foule autour du chapiteau a grossi, le fourgon des

gendarmes garé sur l'esplanade a appelé du renfort au cas où ça dégénérerait. Oumar Diallo gueule encore « Elle est à moi !» — on l'emmène dans les coulisses, bras repliés dans le dos —, quand le jingle de l'émission retentit et que sur l'écran géant apparaît l'image en direct du plateau. Plusieurs caméras parcourent habilement la foule, s'arrêtent sur des visages qui se reconnaissent à l'écran et saluent l'objectif en sautillant d'excitation.

(Ravitaillement!)

Le Présentateur entre sur le plateau, suivi par les Anges gardiens. Le « Jeu » reprend son cours, tout est rentré dans l'ordre. Léo suit le mouvement, porté par les sons et les rugissements des spectateurs, le générique du « Jeu » se mêlant aux applaudissements — un vendredi après-midi du mois de juillet, le week-end a commencé, vacanciers, RTT et chômage, oxymore du trop-plein et du vide.

« Vous allez bien ? demande le Présentateur au public, la voix amplifiée par les enceintes.

— *Ouiii...!* répond le public à l'unisson.

— Vous allez trèèès bien ?!

— *Ouiiiiiiii...!!*

— Vous allez super bieeeeeen ?!!

— *Ouiiiiiiiiiiiiiiii...!!!*

— Nous avons un concurrent qui vient de lâcher juste avant son moment de gloire, mais c'est le...

— *Jeeeeuuuuu !!!*

— Exactement! Mais il en reste encore quatorze. Quatorze participants prêts à en découdre... Édith... Levez-la main, s'il vous plaît Édith, mais une seule main, celle qui ne touche pas la voiture, hein ? »

(Rires des concurrents, rires du public.)

« ...Valère... Lola... Bertrand... Roland... Pierre... Noah...

Coralie... Sarah... Patrick... Daniel... Murielle (Aidez-la, merci)... Thiem... Anna !

« Huit hommes et six femmes. Allez, les filles, montrez-nous que le genre n'est qu'un lieu commun, n'est-ce pas, Lola ?! »

(Lola lève un bras, ses seins XXL fabriqués bombent sous le T-shirt, des hommes sifflent.)

« Et d'ailleurs, nous allons commencer avec vous Lola. Mais d'abord, je me connecte en duplex avec Marie-Ève pour un direct avec le 13 Heures... Marie-Ève, vous m'entendez ? »

Elle entend.

Le Présentateur lui passe le témoin.

Et quand viendra leur tour, le pays entier verra Anna et Léo apparaître sur les écrans. Les deux questions que Marie-Ève leur posera par l'intermédiaire du Présentateur — « Anna, cette idée de scotcher votre main pendant la nuit vient de votre fils ? Léo, penses-tu que ta maman soit une héroïne ? » —, les obligera à donner le change, Léo percevra l'effort de sa mère pour escamoter sa souffrance. Il fera pareil, avec l'expression de son visage qu'il essaiera d'adoucir par un sourire crispé, il répondra naïvement que sa mère est sa mère, qu'il l'admire de toute façon, et Léo, sans le vouloir, fera monter la cote de sympathie pour leur duo, pour cet enfant si poli élevé par une femme seule, tandis que le Présentateur lui ébouriffe une dernière fois les cheveux, lui demandant si ça va, et Léo dira que tout va bien parce que c'est ce que tout le monde souhaite entendre.

« Tout va bien. »

Peut-être que, finalement, il aurait dû mettre du gel, tiens.

*

Vers 15 heures, le phénomène s'est reproduit : deux concurrents ont lâché coup sur coup, comme si l'abandon de l'un justifiait celui de l'autre. Deux hommes, cette fois, au temps pour le cliché du genre. Pierre Delgado (11) et Valère Diaz (19). Le Dix-neuf s'est doucement couché sur le flanc avant de s'évanouir. Le médecin présent l'a rapidement ausculté et l'a fait évacuer sur une civière. Peu après, le numéro Onze a dit : « Ça suffit, j'arrête », et il est parti, titubant sur ses jambes, mais pas question qu'on le soutienne. Deux façons de quitter le « Jeu » sobrement : l'abandon par perte des sens ou en pleine conscience.

Excepté le boucan de la sirène, les dernières défections n'ont pas fait grand bruit autour du chapiteau. Peu de monde à cette heure-là. Même sur le plateau, l'équipe est réduite au minimum. Une sortie en catimini, en quelque sorte. La faute au thermomètre qui a grimpé à 43° sous le chapiteau, désœuvrement des rêves floutés par les mirages de chaleur.

Anna sent la déprime la gagner, un accablement dû à la fatigue, au ridicule et à la futilité de sa présence. « Douze, nous sommes douze... », elle répète cette phrase dans sa tête comme un mantra, jusqu'à faire le vide. À ce stade de l'abrutissement, une manière d'imposer à son corps ce que l'esprit lui-même n'est plus très sûr de vouloir. Ça marche pendant l'instant fragile où elle aurait pu céder. Mais c'est sans compter le temps qui demande à être mesuré en fractions toujours plus réduites. Il y a d'abord eu les tranches du matin, de l'après-midi, du soir et de la nuit. À présent, il exige qu'on le calcule en heures. Anna est disposée à marchander avec elle-même, d'accord, elle veut bien céder là-dessus, mais ça ne suffit déjà plus : elle subit la pression qui réclame maintenant que ces heures soient évaluées en minutes. Sauf que, si elle cède aux minutes, elle n'aura plus de marge pour résister à ce qui se transformerait en secondes, puis à une durée si éphémère et inquantifiable que sa main finirait par se révolter et abdiquer.

Non, en ce moment, ce qui la sauve d'elle-même et de la capitulation est la présence silencieuse de Charlotte en bordure de l'estrade. Charlotte qui la fixe derrière ses lunettes de soleil, parasol dans une main, natte enroulée dans l'autre, et un sac de plage sur l'épaule. Anna baisse la tête, puis se dit que merde, elle assume et décide d'affronter le regard de son ancienne collègue, même si elle ne peut pas voir ses yeux.

«Je t'ai vue à la télé», fait Charlotte.

Depuis le podium, elle paraît plus petite, ou alors c'est qu'elle a perdu du poids? Son paréo flotte autour de son corps, ses cheveux ont poussé et ont repris leur châtain naturel. Elle a un gros tatouage sur l'épaule qu'elle ne lui connaissait pas, un dauphin, peut-être, elle ne voit pas bien depuis là-haut.

«Tu m'as l'air en forme, dit Anna.

— J'ai perdu dix kilos, ouais.

— Ça te va bien.

— Et j'ai un nouveau mec.

— Super.

— C'est la récompense pour les kilos en moins. D'ailleurs, tu le connais...»

Le nouveau mec, c'est Cédric, le barman avec sa toile d'araignée tatouée sur le cou. Il ramène deux hot dogs, ricane en apercevant Anna. Dieu les crée puis les unit.

«Tu lui as dit qu'on l'a vue à la télé? demande-t-il à Charlotte.

— Je lui ai dit. Mais ce qu'elle ne sait pas encore, c'est que j'ai perdu la garde de mon fils après cette sale histoire, fait Charlotte en ne lâchant pas Anna des yeux.

— Merde, je suis désolée...

— Désolée mon cul. C'est toi qui cultivais cette saloperie, c'est ton fils qui la vendait au mien, et c'est moi qui trinque.» Anna ouvre la bouche pour dire quelque chose, renonce.

«J'espère que tu vas le payer, Anna. Je te souhaite de ne jamais gagner ce concours et, si possible, de crever la bouche ouverte.»

Charlotte se retourne et s'en va. Cédric, un bout de saucisse dépassant de la demi-baguette, mime un geste obscène avec sa bouche avant de lui adresser un clin d'œil.

«Je croyais que t'étais l'enfant du pays», lui dit alors Patrick (14).

Anna tourne sa tête, surprise parce que c'est la première fois que le numéro 14 lui adresse la parole. La dynamique du «Jeu» évolue, de nouveaux liens se créent au fur et à mesure des éliminations et de la place disponible autour de l'Alaskan. Dans le souvenir d'Anna, Patrick est le sans domicile fixe du concours. Le dernier des derniers, celui qui ne possède absolument rien, même plus de dents; un adversaire redoutable.

«C'est toi la régionale de l'étape, non? insiste encore le SDF.

— Ouais, mais faut pas croire qu'on m'aime forcément par ici.»

*

Le calme revient avec la nuit.

Anna a repris sa position de la veille: allongée sur son tapis gonflable, la main gauche enfilée dans la jante de l'Alaskan. Thiem (3) et Murielle (4) sont à plus d'un mètre de distance et dorment profondément. Dans la continuité, placées en rang d'oignons, Sarah (3) et Coralie (8) sont immobiles en position fœtale, bras tendu touchant le bas de caisse du pick-up. Ensuite, d'un côté comme de l'autre du véhicule, Anna perd de vue ses adversaires dès qu'ils sont couchés. À l'exception du SDF (7) et du Légionnaire (5), il semblerait que tous aient opté pour la stratégie du matelas et du scotch durant la nuit.

Il est bientôt minuit. Trente-neuf heures qu'Anna touche cette voiture. Elle n'a pas encore eu besoin de déchirer son ruban adhésif avec les dents pour fixer sa main, car elle ne trouve pas le sommeil. Ou plutôt, elle ne souhaite pas le trouver, pas tout de suite. Elle veut goûter au silence, même si au loin on entend les éclats de rire des derniers fêtards assis aux terrasses des bars. Elle veut écouter pleinement le ressac de l'océan, puiser dans sa force.

Anna attend que tout le monde se taise.

Après le ravitaillement du soir, un orage a éloigné le public. Les baigneurs de fin de journée ont déserté la plage devenue grise. La température a baissé de quelques degrés et une onde de fraîcheur a rendu le calvaire presque supportable.

Anna s'assied, elle frissonne, se demande si elle n'a pas de la fièvre. Elle veille à sortir lentement les doigts de sa main droite de la jante après avoir posé la gauche sur le large pneu cranté Michelin.

Hormis les concurrents, le plateau est désert. Au pied de l'estrade, trois vigiles en faction discutent à l'écart, les coudes appuyés sur les barrières. Anna se dit qu'elle est une prisonnière. Mais une prisonnière volontaire qui ne souhaite pas s'évader. Elle qui a toujours lutté pour son indépendance, montrant l'exemple à son fils, devient son propre paradoxe. Le compromis vous fait baisser la garde ; après, on ne sait plus où ça s'arrête.

Avec précaution, Anna change de position, cherche du

soulagement et du réconfort pour son dos, petits arrangements avec son propre corps qui devient encombrant.

May your glass be ever full
May the roof over your head be always strong
And may you be in heaven
*Half an hour before the devil knows you're dead**

Elle sourit, Anna, et même si c'est un sourire de mélancolie, ça fait un bon moment qu'elle n'a pas décrispé son visage. Ces vers populaires irlandais affleurent à sa mémoire, apaisent autant qu'ils blessent. C'était toute la chance qu'ils pouvaient se souhaiter avec Luis, leur manière d'accueillir les jours quand ils tiraient ce fameux diable par la queue et partaient affronter ces vagues gigantesques. Depuis, Anna s'efforce d'oublier pour ne pas souffrir, elle en paie le prix. Gommer les souvenirs qui sont la preuve de l'existence. Pas complètement, bien sûr, chercher à les émousser afin de rendre la blessure moins cruelle.

Une autre chose lui revient en mémoire, cet article lu peu après la naissance de Léo et qui disait qu'un enfant qui n'est pas touché ne peut pas se développer normalement, que l'absence complète de contact entraîne des retards de croissance et des altérations mentales ; un bébé en a besoin pour prendre conscience de son corps et s'épanouir. Oh oui, elle l'avait touché, son Léo. Son corps potelé qu'elle baignait dans le ressac de la plage. Ce garçon que, maintenant, par pudeur, elle ose à peine caresser... Et si on pouvait les comptabiliser, au final, les êtres et toutes ces choses qu'on

---

* Que ton verre soit toujours plein / Que le toit sur ta tête soit toujours solide / Et que tu puisses être au paradis / Une demi-heure avant que le diable apprenne ta mort.

touche dans sa vie? Que touche-t-on le plus? Les êtres aimés?
Soi-même? Le clavier de son ordinateur? Son smartphone?
Le volant de sa voiture?

Anna lève la tête, fixe le petit objectif qui clignote au-dessus
d'elle.

De l'autre côté de la fibre optique, la Reine des abeilles
sourit. Elle est seule dans le vaste salon, les portes-fenêtres
sont ouvertes sur le jardin silencieux, les rosiers et les fleurs
d'oranger embaument. Elle est seule, personne ne peut
l'entendre :

«Dépêche-toi de courir avant que le diable ne t'attrape,
Anna Loubère.»

22. ALUMINIUM

Coralie Berger (8) est emmenée lors du ravitaillement. Ils sont deux pour la soutenir, son corps désarticulé, son visage exsangue. Sa sœur jumelle pleure avec elle. Il y a ce regard déchirant que la jeune universitaire pose une dernière fois sur l'Alaskan avant de quitter la scène. Quels espoirs y avait-elle investis depuis qu'un doctorat en littérature n'est plus une garantie professionnelle?

«Encore dix, maman...

— Onze avec moi. Il ne faut pas te réjouir, Léo. Ne te réjouis pas de la défaite des autres.

— Pourtant, c'est la règle du jeu, non?»

(Sois réaliste, Anna, et arrête avec ta morale.)

(Douze minutes!)

48 heures (seulement?!), et déjà, les rituels se sont installés. Léo aide sa mère pour sa toilette sommaire; à force de

n'utiliser qu'un bras à la fois, elle commence à se sentir bancale, en proie au tournis. Anna boit le café du thermos à petites gorgées, s'efforce de faire durer son sandwich pour ne pas bousculer son estomac. Elle a gardé le petit carton contenant les trois chouquettes pour la fin, pour la douceur.

«Allez, Léo! On t'aiiiime! On t'adooooore!»

Léo ne se retourne pas, mal à l'aise, très.

Anna sourit aux trois filles venues les encourager au pied de l'estrade.

«Qui sont ces filles? lui demande Anna la bouche pleine.

— Des copines du collège.

— De ta classe?»

Léo acquiesce.

(Léééé-ooo! Léééé-ooo! Lééé-ooo!)

«Tu veux que j'apporte des fruits? demande Léo, changeant de sujet.»

(Neuf minutes!)

«Des oranges, comme les prisonniers», lui répond Anna.

Le quart d'heure passe si vite, il faudrait pouvoir tout faire en même temps, manger, parler, se détendre, prendre des forces et se donner du courage. Chacun fait comme il peut, trouve son rythme dans l'urgence.

Au début, les concurrents s'observaient. À présent, leurs regards ne convergent plus que vers eux-mêmes et leur Ange gardien. La pudeur cède à la promiscuité. Roland (13), le paraplégique, ne se cache plus lorsqu'il passe sa serviette sous son short. Thiem (6) engloutit ses plats avec les doigts, la bouche collée à l'assiette. Depuis que son allergie aux graminées s'est aggravée, Murielle (4) ne prend même plus la peine de jeter ses mouchoirs dans un sac plastique et les laisse traîner autour d'elle jusqu'au matin. Patrick (5), le SDF, pète sans vergogne...

(Quatre minutes!)

Léo masse les épaules de sa mère tandis qu'elle avale les pâtisseries. Elle lèche ses doigts, boit de l'eau. Elle est déjà allée aux toilettes avant le ravitaillement, et la prochaine pause pipi est dans deux heures et demie. Trouver le bon équilibre entre hydratation et élimination.

Anna baisse la tête pour que Léo puisse dénouer ses trapèzes.

«Apporte-moi des anti-inflammatoires, lui dit Anna. Ils sont dans la boîte à pharmacie. Et de la viande, aussi. Du roast-beef.

— Saignant, le roast-beef?

— À fond. Je redeviens sauvage. Exactement comme le chien Buck dans ton livre de London.»

Le sourire d'Anna se transforme en grimace lorsque Léo touche un point sensible entre les omoplates.

(Deux minutes!)

«Je sais pas qui a inventé ce jeu, Léo, mais il y a ce truc terrible. Dès le début, dès que tu touches la voiture, eh bien, tu te dis qu'elle est à toi. C'est con, hein? Il a beau y avoir dix-neuf candidats autour de toi, c'est toi qui la possèdes et personne d'autre.»

Il faudrait pouvoir se souvenir de Mylène Labarque. De ce jour où elle était assise autour de cette table ronde dans cet immeuble administratif. On ne l'a pas suffisamment regardée, Mylène, au-delà de cette description sommaire: *Mylène Labarque (27 ans), scénariste et conceptrice de jeux télévisés, indépendante.* Elle ressemble à une petite souris avec son visage pointu, son corps délicat, les os fins et une peau transparente. Quelques mèches déjà grises malgré son jeune âge, mèches qu'elle décide de laisser ainsi comme une affirmation de son engagement féministe. Mylène ne fait pas de bruit, vit seule, parle d'une voix à peine audible. En ce moment précis, alors que le pays entier parle du «Jeu», Mylène Labarque entretient son potager qu'elle cultive en permaculture dans sa petite propriété située dans un village fleuri à l'est de la capitale. Elle est pourtant une des créatrices de jeux télévisés les plus prisées d'Europe. Ses concepts sont simples, dictés par une ligne directrice claire. La plupart lui viennent de souvenirs de son enfance, de l'éducation de ses grands-parents qui l'ont élevée dans une sorte de «bon sens du terroir» qu'elle met au service d'une exploitation mercantile. Ce qui fait son succès auprès du grand public, ceux qu'elle nomme d'un ton neutre «les gens» lors des séances de *brainstorming*.

Les gens apprécieraient davantage, les gens choisiraient plutôt, les gens ne voudraient pas que, si vous étiez les gens, vous préféreriez...

Ainsi, le «Jeu» est né d'un souvenir: lorsqu'elle avait six ou sept ans, dans une boulangerie, elle avait touché une baguette de pain avant de la remettre en place. Son grand-père en avait deux dans les mains, mais il lui avait dit: «Donne-la moi.

— Mais tu en as déjà, papy?

— Ce qu'on touche, on le prend.»

Voilà, Anna.

Voilà la réponse.

*

Le ravitaillement du matin terminé, Léo quitte le chapiteau en sortant par l'arrière. Lui aussi prend ses habitudes. Pendant combien de jours encore? Et si ça devenait une semaine, puis une deuxième? Il écarte cette hypothèse, ça l'effraie de penser à ce que sa mère devrait endurer.

Les vigiles le connaissent, il a son badge, on ne fait plus vraiment attention à lui. Il s'esquive. Pas comme certains Anges gardiens qui désormais traînent dans les loges, partagent leurs impressions en buvant un café et font copain-copain dans une alliance précaire — les représentants des numéros 20 (Édith, «l'artiste»), 9 (Noah, «l'assureur») et 6 (Sarah, «la commerciale»). Il ignore comment ils passent le reste de leur temps, ces longues heures entre chaque approvisionnement, s'ils retournent à leur chambre d'hôtel, vont à la plage ou flânent dans les rues. Il ignore si pour eux ce sont des sortes de vacances ou s'ils souffrent de voir leurs proches ainsi malmenés.

Lui, en tout cas, supporte mal la dégradation de l'état de sa mère. Les poches sous les yeux, le teint livide, les cheveux sales, la peau humide de transpiration. Son regard vitreux se fait absent, signe de sa souffrance psychique. Même sa posture semble s'affaisser : hygiène bafouée, intimité exhibée. Ce qu'il ressent est confus, il ne saurait l'exprimer au-delà de la peine profonde qui l'afflige. Il ne laisse rien transparaître, bien sûr, s'applique à ne pas devenir un miroir pour elle. Il préfère croire ce qu'elle s'efforce d'affirmer, sinon ce serait insupportable : se convaincre avec elle qu'elle va bien, tu vas bien, maman, c'est toi qui gagneras.

Non, il ne saurait le dire avec les termes exacts, pourtant son malaise est tangible, cette tension permanente au milieu du ventre en est la preuve. C'est lui, Léo, qui a écrit cette lettre. Lui qui a poussé sa mère à participer, à n'avoir pas d'autres choix que d'accepter. Sa plus grosse connerie a été cette histoire de cannabis à l'école. À vouloir bien faire, à vouloir jouer à plus grand qu'il n'est, il a tout fait foirer. Il s'en veut, il est responsable. À cause de lui, sa mère a fini par abdiquer, allant à contre-courant de ses principes et, par-dessus tout, celui de garder la tête haute en toutes circonstances.

Et c'est ça qui lui fait le plus mal. L'avoir obligée à se soumettre et à s'humilier. Ce constat troublant de ne plus savoir si c'est la main de sa mère qui touche la voiture ou le contraire.

Alors, pour tenir, il y a les vagues.

Faire ce que sa mère ne veut plus faire, prisonnière du «Jeu» et de cette voiture.

Léo remonte le boulevard de la Plage vers le nord, cadenasse son vélo près du Surf Club et continue à pied sur le sable, sa *fish* sous le bras. Il n'ose toujours pas s'exhiber devant la plage principale, dans le prolongement de l'estrade où se tient le «Jeu».

Il longe le rivage pendant un kilomètre, baissant pudiquement les yeux chaque fois qu'il rencontre des naturistes. Il s'arrête après avoir contourné une série de baïnes, une zone où le sable déroule en pente douce vers la mer. Il évalue à une heure, une heure trente, le temps disponible avant la marée montante.

Léo sort sa combinaison du sac à dos, vérifie l'heure sur son smartphone (trois heures avant le prochain ravitaillement), fixe le *leash* sur sa cheville gauche, et...

« Tu salues plus ton copain? » fait Kevin.

Léo sent clairement ses testicules se contracter.

«On t'a vu au JT, tête de nœud.»

Encerclé, Léo constate que les petits soldats de Kevin Larrieu, ceux de sa bande, portent tous comme lui une combinaison au logo du club de surf local.

«Mais on te préfère en vrai, sans ton T-shirt violet de fiotte.

— Cassez-vous, putain.

— Le problème, c'est qu'ici t'es sur *notre* vague.

— Faites pas chier. Y a de la place pour tout le monde.»

On le pousse violemment, son visage s'écrase sur le sable
dur de la berge. Léo tente de se relever, les coups s'abattent
sur lui.

Lourds et humides.

Dos, ventre, flanc, visage.

Et le respect, bordel, le respect gagné?

Dans tes rêves, mon ami.

Tu es bien naïf.

Ta bouche est pleine de sable.

Comme un chien mordant la chienne de vie, Léo.

*

Dans le conteneur où sont remisées les planches et les
combinaisons du club, l'air est suffocant. Odeurs de résine,
de caoutchouc et de wax exacerbées par le soleil qui tape dur
à travers les cloisons métalliques, transformant le lieu confiné
en sauna.

Léo est assis par terre avec ses hématomes et sa soif, genoux
repliés, front posé sur ses bras croisés. Lorsqu'il entend le
bruit mat du verrou, il a dû perdre deux litres d'eau. Il relève
la tête. Le battant crisse sur ses gonds. La lumière vive tranche
l'obscurité. Léo est aveuglé, bat des paupières. La sueur
coulant de son front pique ses yeux. On ne lui dit pas de
sortir, personne n'apparaît dans l'ouverture, mais Léo
comprend que c'est le moment de bouger. Il sait parfaitement
ce que Kevin a comploté dans son cerveau tordu.

Il récupère sa combinaison sur le sol, traîne ses pieds nus
jusqu'à la sortie où il est obligé de poser sa main sur les yeux
pour se protéger du soleil. Les cinq garçons l'observent, assis
sur des chaises en plastique, buvant des cannettes de bière et
se passant un joint.

«T'as dix minutes. Si tu te grouilles, tu peux encore y arriver, mais faut vraiment bouger ton cul.»

Léo sait que c'est foutu, il n'y arriverait pas de toute façon.

«Où est ma planche?» demande Léo.

Kevin lui désigne vaguement une direction.

«Fous le camp, tête de con.»

Léo s'éloigne et récupère sa *fish* abandonnée sur la plage. Les deux dérives sont cassées, son smartphone a disparu et son sac est bourré de sable. Il se retient pour ne pas céder aux larmes. Son corps lui fait mal, Léo est dans un de ces nœuds de l'existence où tout se mêle et s'entrecroise, ces condensations du temps et de l'espace si denses qu'elles peuvent vous faire couler comme du plomb; mais il tient, aussi vulnérable soit-il.

Il pense à sa mère qui doit s'inquiéter de ne pas le voir arriver. D'habitude, Léo lui adresse un petit signe de la main depuis l'entrée du chapiteau lorsqu'il attend avec les autres, mais là, elle ne le voit pas se manifester. Anna a soif et faim. Édith (20) a lâché dans la matinée, Anna se demande si Léo est au courant. Elle s'est d'abord mise à vomir, éclaboussant Bertrand (15) qui a dit «Merde, chier, merde!» Il a beau avoir vu des collègues perdre un membre et pisser le sang à cause d'une machine, ça le dégoûte quand même cette bouffe régurgitée. Secouée par une crise d'épilepsie, Édith a manqué de lui faire perdre l'équilibre et de l'éliminer lui aussi. Bertrand l'a repoussée en l'écartant du pied. Le Samu est venu une nouvelle fois et on peut parier que c'est pas la dernière — d'ailleurs, c'est quoi cette histoire de paris? On joue sur nous? On est des bêtes? Combien valent nos cotes?

(Ravitaillement!)

Mais Léo ne vient pas, Anna se ressaisit, freine ses divagations. Le Présentateur a commencé son tour des concurrents

avec le témoignage de Bertrand (15), justement, brèves interviews qui font grimper l'audimat de l'émission. Anna cherche
son fils du regard. La soif qui l'assaille est à la limite du
supportable. Elle appelle l'assistante-régie. La fille s'approche,
souriante.

« Vous savez où est mon fils ? demande Anna la bouche
pâteuse.

— Léo ? Aucune idée. Il ne va pas tarder, sans doute. Vous
voulez que j'aille voir s'il arrive ? »

Anna parvient à articuler un « s'il vous plaît », la langue
rechigne à se décoller du palais. Si elle ne boit pas immédiatement, elle ne tiendra jamais. Et cette question qui surgit :
Qu'est-ce qui t'inquiète le plus, Anna ? De ne pas voir Léo
ou de ne pas boire ?

Le Présentateur s'approche et lui tend le micro sous son
nez :

« Alors, Anna ? Comment ça se passe après cinquante-deux
heures ?

— Cin...quante-deux... ? » répète Anna, déboussolée. C'est
idiot, la salive manque, chaque syllabe compte.

« Vous n'allez pas lâcher, n'est-ce pas ? »

Anna fait non de la tête, plusieurs fois, mais ça pourrait
être un mouvement incontrôlé annonçant la fin. L'assistante-
régie revient dans le dos du Présentateur, lui chuchote dans
l'oreille, et celui-ci répète :

« On m'annonce que votre Ange gardien n'est pas au
rendez-vous, Anna. Et il ne vous reste plus que...

(Neuf minutes !)

« Savez-vous où se trouve Léo ? »

Anna ne sait pas. Trois injonctions se superposent, contra-
dictoires et assassines : partir à la recherche de son fils / ne pas
lâcher la voiture / boire absolument.

« Qu'allez-vous faire, Anna ? »

Vous dire d'aller vous faire foutre.

Le Présentateur insiste, cette situation est une aubaine.

« On attend, Léo ! » dit-il dans son micro.

Il mime le geste de frapper dans ses mains, incite le public :
« Lé-o ! Lé-o ! Lé-o ! »

Et le public fait écho. Une des caméras mobiles parcourt la foule, panote sur son rail à 180°, les gens saluent l'objectif, sourient en répétant « Lé-o ! Lé-o ! Lé-o ! ». Le prénom s'y prête, deux syllabes, un appel. Le trio des groupies crie de plus belle.

(Sept minutes !)

Anna cherche à gagner du temps, il y a trop de bruit, elle voudrait pouvoir réfléchir. Elle s'adresse de nouveau à l'assistante régie qui se tient en retrait du Présentateur, elle a toujours été gentille avec elle, l'implore :

« J'ai soif...

— Que dit le règlement, Émilie ? intervient le Présentateur. Pouvez-vous lui donner quelque chose à boire ? »

(É-mi-lie à boire ! É-mi-lie à boire !)

La fille s'avance, s'adresse à Anna :

« Une seule personne est habilitée à vous ravitailler, je suis désolée...

— Vraiment ? s'étonne le Présentateur. Allons, voyons, Émilie, rien qu'un peu d'eau... »

(É-mi-lie de l'eau ! É-mi-lie de l'eau !)

« Si vous lâchez, explique Émilie par-dessus le tumulte, je vous donne tout ce que vous voulez ! Tant que vous touchez le véhicule, je ne peux rien pour vous. Vous devez lâcher, d'accord ? »

C'est bon, j'ai compris, connasse !

Anna se laisse lentement tomber sur les fesses et se pelotonne sur elle-même, sa main glisse sur la carrosserie, mais ne la quitte pas, trace moite à peine visible sur fond blanc.

(Lé-o! É-mi-lie! Lé-o! É-mi-lie!)

(Cinq minutes!)

Léo remonte l'esplanade en zigzaguant entre les piétons. Il entend les spectateurs scander son nom, accélère. Trop tard pour faire le tour et entrer par l'arrière. Il freine au dernier moment, laisse son vélo par terre, la *fish* se déboîte de son support, frotte sur l'asphalte qui entame la résine, Léo court vers le public. Aucun son de sirène, le nom d'Anna ne clignote pas en rouge sur l'écran géant, le flux d'adrénaline est l'antidote aux contusions et à sa fatigue. Léo pousse, se fraye un chemin dans la foule, torse nu, il glisse entre les corps luisants de crème solaire et de sueur, leurs glandes en ébullition. «Je suis Léo, laissez-moi passer! Je suis Léo!» Finalement, on s'écarte, il n'a pas son T-shirt d'Ange gardien, mais certains le reconnaissent: «Laissez passer le gosse! Écartez-vous!» Apparaît un fil à tirer, un bout de solidarité qui dépasse. «De l'eau, il me faut de l'eau!» crie Léo. Des bouteilles affluent, plus ou moins pleines, Léo en prend deux, les serre contre lui, le plastique craque, et Léo continue d'avancer jusqu'à atteindre la barrière de sécurité. Les groupies s'agrippent à lui, l'embrassent en poussant des cris. «Lâchez-moi, putain!» Léo se dégage sans lâcher les bouteilles, donnant des coups d'épaule.

«Maman! Maman!»

Anna relève la tête, coup de fouet, reconnaît ce filet de voix dans la foule rugissante.

«Je suis là, maman!»

Elle se tourne, sa main accroche plus fort la jante pour ne pas céder.

«Bouge pas, maman!»

Léo lui envoie une première bouteille qui roule devant les

pieds d'Anna et file trop loin. Avec sa main libre. Anna saisit
la deuxième au vol, et c'est l'ovation.
(Ravitaillement terminé!)
Arrêt sur image.
Léo immobile. Public immobile.
Plateau suspendu.
Silence absolu.
Il n'y a plus d'oxygène.
En réalité, le bruit est assourdissant, Léo crie de ne pas le
faire, la cacophonie est totale. Mais c'est ainsi qu'Anna
perçoit ce moment où l'univers se condense dans une tête
d'épingle : silencieux et à l'arrêt.
L'instant qui précède l'explosion.
Ce qui suivra sera du temps qui se crée et se dilate.
Anna dévisse le bouchon avec ses dents.
« Si vous buvez, vous êtes disqualifiée », intervient Émilie
d'une voix neutre.
Anna approche le goulot à ses lèvres.
« Vous êtes sûre, Anna ? »
Anna fixe Émilie dans les yeux et retourne la bouteille
qu'elle vide à ses pieds.

*

Après, il n'y a plus personne. C'est une allumette qu'on
brûle. Les millions de téléspectateurs sont retournés à leur
quotidien et le public à ses vacances.
Vacance. Trou. Béance.
Tout à l'heure, avant que Léo arrive, Anna a demandé de
l'eau à sa voisine, mais Murielle (4), la lui a refusée. Tout le
monde sait dire « va te faire foutre » en langage des signes.
Anna est seule avec sa soif.

189

Allongée sur le ventre. À l'ombre des regards. Ses jambes sous le pick-up. Bras tendus. Les deux mains accrochées au pneu. C'est le milieu de l'après-midi et sa seule certitude est l'immobilité.

Quand on lui propose son tour pour se rendre aux toilettes, Anna décline en grognant. L'avantage de la déshydratation, c'est ne plus avoir besoin d'uriner. Le médecin du Jeu contrôle son pouls et ses pupilles, lui demande si ça va. Le reste des concurrents lui donne peu de chances avant l'abandon. Ça les ragaillardit, le malheur des uns stimule la volonté des autres. Ils attendent, les chacals.

Sauf que ça ne vient pas. Anna résiste. Devraient plutôt se méfier d'eux-mêmes. Ne pas présumer de leurs forces.

Anna s'accroche.

Le peu de force qui lui reste, c'est le résidu de sa fierté et la promesse de Léo qui reviendra.

Cette attente frustrée rend Thiem (6) agressif. Lui-même n'aurait pas pensé en vouloir autant à cette femme de ne pas céder. Accroupi près d'Anna, il guette le retrait de ce corps statique, ce corps inerte qui devient la cause de son tourment. Sa simple présence est intolérable : si ce corps disparaît, tout ira mieux.

Thiem se met alors à lui parler doucement, il évoque des sources et des cascades d'eau transparente et douce, il lui rappelle le tintement lisse des glaçons dans un verre, le glouglou pétillant d'une eau gazeuse au goût de citron. Il sait raconter, Thiem, il parle d'un Éden aux fruits juteux — poires, mangues et papayes — la main qu'il suffit de tendre pour les cueillir. Il lui murmure son délire d'un univers aquatique où tout serait potable, où la pluie fraîche viendrait apaiser les corps, où il suffirait d'ouvrir la bouche et de sortir sa langue pour étancher sa soif...

Bien sûr, Thiem ignore tout d'Anna, du diamant brut de sa volonté. Un diamant de tristesse, celui de l'arrachement et de l'amour perdu. Il ignore qu'elle se berce, qu'elle puise le réconfort dans ces mots mêmes qui devraient la décourager. Qu'elle trouve un état de grâce dans la léthargie, l'absence et le manque. Une sorte d'expérience mystique interrompue lorsque Thiem se met à bafouiller. Thiem qui hoquette et cherche à combler le silence alors qu'il ne trouve plus les mots ; Thiem pleure, implorant la pitié ; Thiem s'excuse à lui-même de ne plus réussir, de ne plus pouvoir ; Thiem mendie un peu de compassion : au moment de lâcher la voiture et de porter les mains à son visage, il est toujours cet enfant de dix ans sur ce bateau l'emmenant vers l'exil.

En larmes et honteux. Honteux et anéanti.

Exilé de lui-même.

Le son rauque et obstiné de la sirène annonce la chute et le déshonneur.

*

Ils ne sont plus que neuf.

Ils ont franchi le cap de la moitié des concurrents éliminés, entamé l'autre versant du calvaire. Sachant que le pire est à venir, l'effort se payant par inertie. Le degré de souffrance est à l'échelle d'un temps « t » augmenté par tout ce qui précède, c'est-à-dire le rien, l'attente, la fixité, la stagnation. Mais comment calculer l'énergie d'un corps qui résiste dans l'apparente inertie ? Un corps qui est là, simplement là ?

La roue tourne, et le temps cyclique annonce le ravitaillement du soir. Sauf que ce n'est jamais tout à fait pareil. Sauf que les atomes bousculent l'ordre de l'univers.

Léo accourt, les caméras convergent, le public s'est davantage

massé du côté de sa mère, c'est un sprint entre lui et le
Présentateur qui l'intercepte au passage :

« Où étais-tu, Léo ? Ta maman a tenu, c'est un exploit, tu sais ?
— S'il vous plaît, monsieur, laissez-moi passer...
— Qu'as-tu apporté ?
— Ben... De... Des choses...
— Magnifique, Léo ! Splendide ! Nous reviendrons vers
Anna Loubère tout à l'heure ! Notre concurrente numéro un
qui est toujours là ! À toi, Léo, va ! »

Anna a les lèvres gercées, le regard minéral des assoiffés ;
son haleine est écœurante, son corps dégage une odeur acide,
l'odeur d'une vieille qui s'oublie. Elle a tout juste la force de
se relever. Léo la soulève doucement pour l'aider à s'asseoir,
son bras sous les aisselles, lui rappelant à plusieurs reprises
de ne pas lâcher l'Alaskan. Roland Fève (13) lève son pouce
dans sa direction. Daniel Schmidt (5) lui adresse un clin
d'œil d'encouragement. Bertrand Colon (15), un hochement
de tête entendu. Léo a la chair de poule, leurs marques de
respect se mélangent à la fierté qu'il éprouve pour sa mère.
Même si tout ça a moins à voir avec la solidarité qu'avec un
esprit de corps dicté par les circonstances.

« Je t'ai apporté de l'eau et des fruits, j'ai tout ce qu'il faut,
tu vas te requinquer, maman. »

Léo aide sa mère à porter la bouteille d'eau à ses lèvres, lui
répète de boire à petites gorgées. Dès qu'elle parvient à tenir
la bouteille dans sa main, il se dépêche d'éplucher deux
oranges. Une fois la soif étanchée, la faim se manifeste, incon-
trôlable et brutale. Anna avale tout trop vite, réprime un
haut-le-cœur. Elle arrache le sandwich des mains de son fils,
s'efforce de le mâcher plus lentement sous les conseils répétés
de Léo.

(Dix minutes!)

«J'ai de l'Ibuprofène», fait Léo.

Anna avale deux cachets en même temps que les bouchées de son sandwich. «Pourquoi t'es pas venu? lui demande-t-elle dès qu'elle se sent capable de parler. C'est quoi ces hématomes sur ton visage?

— Je suis tombé de vélo.

— Avec ton maquillage, ça se voit peut-être pas à la caméra, mais moi, je sais que c'est pas vrai.

— Je te jure.

— Des conneries, oui. Je t'ai vu partir avec ta planche et ton vélo. On voit tout d'ici, même les enfoirés comme Kevin qui font du surf pour se montrer devant la plage.

— C'est bon, maman.

— Quoi?

— J'aime pas comme tu parles, tu deviens vulgaire.

— T'as raison. On n'est pas là pour s'engueuler. Mais ils t'ont fait du mal et ça me rend malade.

— Il faut bien que j'apprenne à me débrouiller seul, non?

— Et ta planche?

— Les dérives sont cassées.

— Je vois... On va te réparer ça dès que je me tire d'ici...

— T'inquiète, je vais le faire.»

(Six minutes!)

«J'ai apporté un autre sandwich, tu le veux?

— Donne-moi les oranges. Je vais me laver, aussi, tout faire en même temps.»

Léo sort une lingette humide du paquet et la donne à sa mère : «Comment tu vas, maman?

— Non, toi : comment tu vas?

— C'est rien que des coups. Je suis là. Je vais bien.

— Je veux que tu rentres et que tu te reposes. S'il y a quoi que ce soit, le moindre problème, tu appelles Tanguy.

— Celui de la boutique ?

— J'ai pas mieux à te proposer, désolée... »

(Trois minutes !)

Léo prend un melon dans le sac, le coupe en deux, ôte les pépins, découpe des tranches, enlève l'écorce.

L'amour, ce sont des gestes simples.

23. ÉLASTOMÈRES

La Reine des abeilles préside une réunion imaginaire.
Autour de la petite table circulaire près de la piscine, il
n'y a qu'elle et la solitude du pouvoir. Au-delà d'un certain
seuil de puissance et de prestige, les uns deviennent des
collaborateurs, les autres un prétexte; l'entourage une
corvée. Mais surtout, il y a la fatigue et la conscience du
délitement, une lassitude existentielle qu'il faut masquer.
Sa vieillesse propre s'affirmant jour après jour, et celle, plus
vaste, d'une nation dont les 10 % de taux de chômage lui
font monter les larmes aux yeux. Ses adversaires politiques
ignorent à quel point elle est attachée à sa fonction, à quel
degré elle porte la responsabilité de sa tâche. Une partie de
son peuple s'en est remise à elle, l'autre moitié la conspue.
Elle pense que la simple majorité en démocratie est une
plaie; il faudrait la remplacer par l'assentiment à corps

perdu, celui de tous les électeurs. Il faudrait pouvoir être désirée et voulue.

Le matin est frais et bleu. Toutes sortes d'oiseaux qu'elle est incapable de nommer pépient dans les arbres. Elle, ce qui la mobilise corps et âme — ce qui l'accable et la tourmente —, ce sont les Hommes. L'entité multiple et anonyme des citoyens et des individus, leur sympathie, leur ingratitude. Ils ne savent pas à quel point, là-haut, au sommet du pouvoir, l'air se raréfie ; combien il a fallu abandonner de rêves, d'ambitions et d'utopies pour que l'ensemble tienne et ne se désagrège pas.

Il lui reste encore deux ans d'un mandat à achever avant de briguer une éventuelle réélection. Elle ne veut pas que l'histoire retienne son nom comme étant celui de la responsable de la chute. Il y aurait là une injustice flagrante, un préjudice pour l'éternité dans les manuels d'Histoire.

Il lui reste la présence de Mélanie nageant dans l'aube radieuse. La fluidité de ses allers-retours dans la piscine, le clapotis des vaguelettes rebondissant sur les bords du bassin en travertin. Le corps se soulève sur l'échelle et sort de l'eau. La ligne plus claire de la peau se détache dans l'échancrure du maillot de bain, intimité préservée du soleil. Rien que d'y penser, à cette pâleur qui se dévoilerait, qui serait donnée, son cœur manifeste une arythmie, une apnée née de la violence du désir : tout ce qu'on a connu de plaisirs exaucés, que la vie nous a donnés avant qu'elle ne les reprenne avec indifférence.

Mélanie déplie une serviette posée sur la chaise longue et la rejoint tout en séchant ses cheveux, la tête penchée de côté pour se déboucher une oreille. C'est un privilège que les deux femmes se concèdent, l'usufruit d'une piscine privée, le voyeurisme d'un corps révélé.

La secrétaire lui sourit, la blancheur de son maillot de bain une pièce est un clin d'œil à l'éternité.

« Je sais, Mélanie. C'est votre jour de congé et je suis là à vous ennuyer.

— Je prends une douche rapide et je suis de retour. Le temps de m'habiller.

— Restez comme vous êtes, Mélanie. Exactement comme vous êtes. C'est une visite informelle, bavarder un peu avec vous... Asseyez-vous. Vous prenez un café ? »

La Reine des abeilles s'adresse à la gouvernante qui se charge d'apporter dans les cinq minutes un expresso ainsi qu'un jus d'orange pressé frais.

« Que dit-on en coulisses ? entame la Reine des abeilles d'une voix moins douce.

— Eh bien... Le Conseil est euphorique, le succès va bien au-delà de ce qui était escompté : Médiamétrie confirme le deuxième taux d'audience de l'année, juste après la demi-finale de la Coupe du monde.

— Et le Roi lion ?

— Il s'est félicité avec Xavier Floriot de la flambée en bourse de leur groupe automobile. Vous allez recevoir son appel dans la journée. Leurs principaux actionnaires se sont mis d'accord et appuieront le nouveau budget. Leurs lobbies à Bruxelles sont au travail. Volkswagen, Fiat-Chrysler, Toyota et même Tesla demandent qu'on leur cède la licence du « Jeu » afin qu'ils puissent l'exploiter comme une franchise dans leurs pays respectifs...

— C'est-à-dire le monde entier, fait la Reine des abeilles.

— Journaux, radios, réseaux sociaux... Tous les médias ne parlent que du « Jeu »... »

Le Roi lion est sur le point de l'emporter, la transition écologique en prend un coup, pense la Reine des abeilles.

197

Elle pourra toujours prétexter l'engagement de son prédé-
cesseur pour le développement des énergies fossiles, un
revirement possible en fonction des nouvelles stratégies...
Les cafés sont terminés, le verre de jus d'orange est vide.
Mélanie ne force pas le silence.
«Noah Bitton et Sarah Cherkaoui ont lâché? demande la
Reine des abeilles.
— Numéros Neuf et Trois, oui.
— Pensez-vous que les autres tiendront encore deux
jours?
— L'estimation des spécialistes est fiable. Il devrait rester
au moins deux candidats pour le quatorze.
— Le treize, Mélanie. J'ai insisté sur ce point. Pas
question d'une collusion avec mes obligations de la Fête
nationale.
— Excusez-moi. Je leur rappellerai, oui.»
La secrétaire ajuste une bretelle de son maillot de bain et
attend.
«J'ai terminé, Mélanie. Profitez de votre journée.
— Merci, Madame.
— Il vous attend, n'est-ce pas?
— Heu... Oui, Madame.
— Aimez chaque homme, Mélanie. Aimez-les de tout votre
cœur, mais aimez-les un à la fois. Ne faites pas comme moi
pour qui ils sont devenus une abstraction.»
Mélanie sourit.
«Je n'ai qu'un corps, Madame. Et il me suffit à peine.»

*

4e jour. 76 heures.
Anna est une statue de cire alors que tout son corps réclame

le mouvement. L'énergie vibre sous la ligne médiane de l'attente ; elle se concentre à la base de la nuque, se prolonge le long des tendons, se propage par les artères et les muscles. Elle est une boule de nerfs qui se rassemble, lutte permanente pour ne pas céder à l'afflux de vigueur qui demande à être libéré. L'Homme n'est pas fait pour rester immobile. Il chasse le mammouth, il cueille et migre. L'Alaskan est une promesse de liberté pour le corps reclus : la clé, visible dans le démarreur, titille les rêves d'évasion.

Sur le corps de Léo, les traces des coups reçus la veille ont pris une teinte violette. Il s'en fout. Il nourrit sa mère. Lui aussi devient comme obsédé. Le soleil tape dur sur le chapiteau, fait saliver les bouches, obstrue les pores et noie l'épiderme. Une nouvelle vague de vacanciers est venue s'ajouter à la masse des spectateurs rassemblés autour du podium. Une nouvelle intervention de Marie-Ève sur grand écran, en direct du JT de 13 heures, attise la foule. Tout autour, les mots sont une cacophonie, se chevauchent et s'entremêlent, on ne s'entend plus, ou à peine — de toute façon qui écoute encore ?

On pavoise l'Esplanade et les alentours, rues, places et front de mer : Pasteur, Hugo, Jaurès, de Gaulle, Carnot... Drapeaux tricolores, logos des sponsors : SNCF, Crédit Agricole, Eiffage, Veolia, Orange... Des podiums sont montés en quelques heures pour accueillir des orchestres et des spectacles. Dans trois jours, c'est le 14 juillet. On peut y voir une apothéose, concomitance provoquée, réconciliation provisoire : le vainqueur aura gagné pour nous tous qui regardons.

Léo est assis sur le sofa usé. Il regarde tout ça en rediffusion après le journal du soir sur la petite télé Sony : le cadre global, puis le détail des événements présentés avec le sourire bonhomme du speaker vespéral. Dans l'accalmie du bungalow où l'absence de sa mère creuse ce grand trou de silence ; où son quotidien, celui d'il y a moins d'une semaine, lui paraît lointain, Léo se revoit furtivement à l'écran. Furtivement, parce que l'attention portée habituellement aux concurrents et à leurs Anges gardiens est dirigée sur la manifestation d'écologistes venus défiler contre le « Jeu ». Une centaine de jeunes ont déplié des banderoles où il est écrit *Stoppons le Jeu !*, *Alaskan = Mort des pôles* ou encore *Nous consommons la Terre à crédit*. Attaché par une corde, un énorme ballon gonflé à l'hélium représentant la Terre, flotte une dizaine de mètres au-dessus des manifestants. Garçons et filles se relaient pour hurler leurs revendications dans des mégaphones. Ils sont venus bousculer les touristes ensuqués par la canicule. Certains ont à peine quelques années de plus que Léo, (*Lé-o a-ban-donne ! Lé-o a-ban-donne !*), jeunesse fervente qui scande des slogans amplifiés par deux enceintes transportées sur des chariots. Des portraits de Greta Thunberg et ses tresses sont agités dans la clameur d'un monde de béton et de pétrole à dépasser. Le mouvement vert s'amplifie dans la caisse de résonance de la patrie à honnir, l'onde se propage dans la tectonique des continents, l'ennemi est diffus, le libéralisme est cause de tout et doit en payer le prix. On prend à partie les concurrents, on les exhorte à laisser tomber le « Jeu ».

À la vue du cortège qui fend la foule, Lola Zerfi (17) se distingue en hurlant que « L'écologie sans lutte des classes, c'est du jardinage ! » Derrière le cordon de police qui les maintient à bonne distance, les manifestants parviennent tout de même à lui lancer quelques oranges et des bananes. Les supporteurs de Lola se mettent à huer les écolos, Lola souffle sur sa main et envoie des baisers à ses fans. Lola, qui a déjà participé à «L'Île de la tentation» et qui, cette fois-ci, a bien l'intention d'arriver jusqu'au bout, de devenir une nouvelle icône de la téléréalité, la croix en pendentif entre ses seins de silicone qu'elle montre ostensiblement aux caméras. Çà et là, des échauffourées entre manifestants et spectateurs sont maîtrisées par les forces de l'ordre. «Ne frappez pas! Il faut de l'Amour, l'Amour! répète Lola, de l'*Amour*!» Portée par son public, Lola s'électrise. C'est vrai qu'elle a des seins de manga, des épaules fines, un corps pour aiguiser les fantasmes, à la confluence de la nature et du transhumanisme, bien qu'elle tienne à peine sur ses jambes et que sa peau pâle lui donne un air tuberculeux de Dame aux camélias. Elle lève le bras, révèle une aisselle sous laquelle a poussé un duvet blond, enclave de douceur ouatée, Lola apparaissant si belle et fragile. Lola sourit, la bouche rouge, sa dentition blanchie, le regard vague, elle lève son bras au ciel et c'est l'ovation!

Une caméra cadre alors Patrick Sorbier (14) soudain pris de convulsions. Mais ce ne sont pas les soubresauts d'un corps qui se brise, ce sont des larmes de dépit, l'abdication face à plus grand et à plus fort que soi. L'alarme sonne, mais on ne hue point, on ne siffle pas: on applaudit l'homme sans domicile fixe, l'homme sans emploi, sans enfants, sans rien, celui que deux assistants emmènent en lambeaux; on ne le voit pas, mais des bouts de lui restent accrochés un peu partout, poils, squames, pellicules: sur un rétroviseur, un pare-chocs, un essuie-glace. Patrick Sorbier n'ira jamais plus loin que lui-même tandis que ses lèvres remuent «Merci, merci, merci...»

Merci qui?

Et là, au milieu, des caméras glissant silencieusement sur leurs rails d'huile, Léo et sa mère.

Léo et son sac *Intermarché*. Anna mâchant péniblement le énième sandwich. Hâve, défaite, mais toujours là. Il sait ce qu'elle pense : « Encore six. »

Une image brève, quelques secondes, Léo se voit sur sa petite télé, levant la tête et qui regarde l'objectif.

Léo se sent hideux.

(Lé-o a-ban-donne! Lé-o a-vec nous!)

Léo éteint la télévision.

(Lé-o a-ban-donne! Lé-o a-vec nous!)

C'est que.

(Lé-o a-ban-donne! Lé-o a-vec nous!)

Il a quatorze ans aujourd'hui.

(Lé-o a-ban-donne! Lé-o a-vec nous!)

Il a voulu le rappeler à sa mère, mais à quoi bon.

Sa mère est ailleurs, dans les limbes du cynisme et du spectacle.

Et même s'ils gagnent, il sait désormais que ce qu'on leur a pris ne leur sera jamais rendu.

Ce qu'ils valent, désormais, est le prix d'un Renault Alaskan toutes options.

Le billet pour la Californie n'a jamais été aussi cher.

L'enthousiasme et la naïveté.

Ce qui lui a été non pas pris, mais volé.

4e jour. 86 heures.

C'est alors que.

Le téléphone sonne. Le smartphone de sa mère, celui qu'elle n'utilise plus.

Léo hésite, se lève. Ses jambes tremblent, elles pourraient céder sous un poids invisible : il pense à sa mère, à l'abandon, à sa mère sur une civière dans l'ambulance.

La sonnerie traverse la nuit. Intrusive, elle recouvre le chant des grillons, le lointain ressac de l'Atlantique, le bruissement du vent dans les conifères. La sonnerie retient même les odeurs et suspend le temps qui s'épaissit.

Léo décroche, souffle et respire :

«Allô?

— Bonsoir, Léo. C'est moi, Tanguy.

— Il est arrivé quelque chose? demande le garçon.

— Tout va bien, rassure-toi. Anna est toujours dans la course.»

Léo pousse un soupir de soulagement. Il a presque honte de poser cette autre question, mais c'est plus fort que lui : «Vous avez vendu le *gun*?»

Léo entend l'homme rire.

«Tu ne lâches pas le morceau, hein? Je t'ai dit que cette planche est là pour appâter le client. Non, il paraît que t'as eu des soucis avec ta *fish*? Passe à mon atelier, j'ai quelques dérives en rab, tu n'auras rien à payer.

— Comment vous savez ça?

— Ce putain de club de surf, c'est moi qui l'ai fondé. Et même si je n'y suis plus, je sais à peu près tout ce qui s'y passe. Sauf que je suis pas responsable des conneries de Kevin... Léo, t'es là?

— Oui.

— C'est un abruti, mais il est doué... À part ça, il y a autre chose. Anna m'a chargé d'un message.

— Vous parlez à ma mère?

— Je fais ma petite promenade nocturne, on se cause au bord de l'estrade, ouais. Je dors peu, et elle aussi vu la situation.

— Elle ne m'a rien dit.

— Ça n'a pas vraiment d'importance, Léo. Écoute-moi bien : dans sa commode, le tiroir du bas. Au milieu des habits, il y a une enveloppe pour toi.»

203

Léo ne sait plus quoi dire, la voix de cet homme est comme une intrusion, une anomalie dans le soir de juillet.

«Bon anniversaire, Léo.»

Tanguy coupe la communication. La tonalité cesse dans le silence entrecoupé de bruits qui se manifestent de nouveau : le vent, le ressac, les grillons.

La vie.

Cette vie que Léo questionne.

Mais savoir n'est pas toujours une solution. La vérité non plus. Ça n'empêchera jamais quiconque de tomber et de se faire mal. Mais il y a des choses qu'une mère doit à son fils. Des choses avec lesquelles il devra se débrouiller, une sorte de clarté douloureuse, une eau limpide et glacée dans laquelle il lui faudra nager.

Dans la commode, cachée sous les T-shirts et les pulls, il trouve l'enveloppe sur laquelle est écrit *Pour Léo*. Sa bouche devient sèche, tout à coup. Sa langue est comme anesthésiée, gonflée par la peur. Une enveloppe dont les bords sont ornés de parallélépipèdes rouges et bleus, *by air mail, correo aereo*. Ses doigts tremblent, la lumière de l'abat-jour est trop faible, la chambre de sa mère trop exiguë.

Il lui faut un ailleurs pour l'ouvrir et lire son contenu.

Léo prend la lampe frontale accrochée près de la porte d'entrée.

La nuit est si claire, avec un peu de patience, il verrait une étoile filante ou la trace obstinée d'un satellite.

Il contourne le bungalow, déverrouille la remise où sa *fish* est à l'agonie, où l'espace habituellement occupé par le *gun* est une béance.

Il referme derrière lui, s'assied sur le sable dur. Allume la lampe frontale. Avec son index, il déchire le bord de l'enveloppe. Papier au grammage à la fois délicat et résistant. Il faut imaginer les milliers de lettres transportées par un seul avion, le poids que ça représente, la nécessité d'un papier léger qui puisse s'envoler. Il ne faut perdre aucune lettre, aucun mot :

Mon Léo,

Je t'écris d'un temps qui n'a pas d'importance et d'un lieu qui n'existe pas. Tu as quatre ans, c'est ce qui compte, c'est l'essentiel. Tu es en vie et tu as quatre ans. J'ai pensé que, dans dix ans, tu pourrais lire cette lettre et la comprendre. Je sais que ta mère en aura pris soin, que si elle avait deux choses à sauver de cette vie, ce serait toi et, ensuite, cette lettre. Non, je n'ai aucun doute que tu la tiennes dans tes mains aujourd'hui. Ta mère sait exactement ce qu'elle contient. Avant de les écrire, les mots que tu vas lire, elle les a entendus de ma bouche.

J'ai trente-huit ans. Je me sens en forme bien que je lutte depuis bientôt huit mois contre une tumeur au cerveau. Les résultats du dernier scanner sont mauvais. C'est vrai que je commence à avoir des pertes d'équilibre, parfois je ne sens plus mes pieds, je traverse comme des vides de conscience. Des fourmillements dans les mains, aussi, des sortes de paralysies passagères, mes doigts ne répondent plus. À me voir, on ne dirait pas que je suis malade. Je suis un de ces types bronzés qui fait du surf, s'occupe de son potager et, par-dessus tout, aime sa femme et son fils. Léo, il faut que je te dise tout l'amour que tu as révélé en moi, tout cet amour que j'avais en stock sans même le savoir. Un amour absolument nouveau, insoupçonné, intact. Ta naissance a été pour moi une révélation. Sans ta présence tiède dans mes bras, sans ton odeur que je respirais dès que je pouvais, que ce soit la nuit ou le jour, tout le temps, sans ces heures passées à te regarder dormir, ma vie aurait manqué l'essentiel. On y arrive, à la vie, justement. J'ai encore toutes mes facultés, mes muscles sont forts. Dans mes bons jours, mes réflexes répondent à la moindre sollicitation. Mais cela ne va pas durer, c'est inexorable, la maladie avance et elle est incurable. Je refuse de finir dans une chambre d'hôpital avec des tuyaux dans les bras et des machines pour me maintenir en vie un peu plus longtemps. Ce n'est pas dans ma nature. Alors, j'ai pris une décision et, malgré tout l'amour que je vous porte, à toi et à ta mère, cette décision ne regarde que moi. Elle peut paraître égoïste, on peut la juger ingrate, mais elle m'appartient comme l'existence appartient à chacun de nous.

Je m'apprête à aller mourir dans les vagues. Je vais guetter la plus grande, la plus difficile, une vague qui sera au-dessus de mes forces. Je tâcherai de la surfer avec grâce comme si la vie était éternelle. Je surferai sans attache, libre. Tout le monde dans le coin connaît ma planche, je l'ai fabriquée moi-même avec les précieux conseils de mon ami Gary. On a vu des planches portées par le courant parcourir 8 000 kilomètres d'un continent à l'autre. Celle-ci ne sera pas si éloignée des côtes, et je sais que lorsqu'on la retrouvera, elle te sera rendue.

Mon fils, mon Léo, j'ignore si tu deviendras un surfeur, si tu ressentiras cet appel de la mer et du large. Je ne sais pas comment le dire autrement, il y a ces premières pages dans Moby Dick qui décrivent si bien ce mouvement de l'homme vers l'eau et les grands espaces. J'espère que tu le portes en toi. Il est le gage d'une vie tendue vers une forme d'indépendance et de liberté. Tu ne peux pas t'en souvenir, mais tu étais à quatre pattes à l'avant du gun quand ta mère ou moi prenions de petites vagues. Et tu riais, tu riais si fort que j'ai bon espoir que tu deviendras l'un de ces hommes au corps vigoureux sachant contempler l'horizon en clignant des yeux depuis le line up.

Voilà, j'ai fini. Le ciel est gris, la houle est forte, un vent nord, nord-ouest gifle la côte et apporte un swell du tonnerre. Je vais

*m'attaquer à bien plus grand que moi, à bien plus haut que moi,
mais sache que je m'en vais serein et que je rendrai mon dernier
souffle avec le sourire. J'ai embrassé ta mère, je t'ai embrassé.
Je suis parti. Et que tu sois un grand surfeur ou pas, que tu sois
un homme de la mer ou pas, sache que l'essentiel est de se lever
et, surtout, de rester un homme debout. Je t'aime.*

   Ton père,

        Luis.

Bam ! Prends ça dans les gencives Léo.
Et pleure. Pleure tout ce que tu peux pleurer.
Et puis souris.

*

Les manifestants ont ramené le globe à terre. Des poids
attachés à la corde l'empêchent d'être emporté. Des torches
brûlent dans la nuit humide. Les corps s'enroulent dans les
sacs de couchage. La fatigue arrive, le sommeil les prend.
Tous ces corps allongés que la police surveille à bonne
distance de l'estrade, regroupés et tranquilles, la lumière
chaude et orange brûlant dans l'obscurité, cette lumière
mouvante qui rend la nuit intime. La présence de ces individus venus là pour exister, pour revendiquer, crée une sorte
d'humaine connivence, d'étrange solidarité provoquée par la
menace du productivisme. Appât du gain égale réchauffement
climatique. Chacun croit en ce qu'il peut. À l'écosocialisme
ou au « Jeu ». Anna se sent moins seule. Même si les militants
qui dorment à moins de cent mètres du chapiteau la jugent
complice du système.

Anna sait que maintenant Léo a dû lire la lettre. Elle se
demande comment il se sent, ce qu'il pense. Elle s'en veut

de ne pas avoir attendu un moment plus propice, de lui avoir infligé d'affronter cette révélation dans de telles circonstances. Ce moment de profonde solitude qui est un moment de grande beauté, aussi. Mais c'est une promesse qu'elle devait tenir. De toute façon, le moment n'est jamais idéal pour certaines vérités. Non, elle ne mélange pas tout. Quoi qu'on fasse, tout est dans tout.

Il ne passe pas un jour sans que Luis lui manque. C'est aussi pour lui qu'elle continue de vivre; un peu plus, plus loin, plus longtemps. Ce qui la désole et lui fait baisser les yeux de honte, c'est avoir accepté ce concours. Luis aurait pu la quitter pour cela, lui si fier et droit, avec ses principes comme des piliers dans la mer. Lui, l'homme des vagues.

Mais tu n'es plus là, Luis. C'est parce que tu m'as déjà quittée.

C'est difficile de garder le cap, de ne jamais trahir ses convictions, de ne pas faillir à la parole qu'on se donne à soi et aux autres. On peut tout acheter, elle en est la preuve, mais lâcher maintenant serait idiot, cela équivaudrait à un acte de faiblesse. Pour se racheter à ses propres yeux et à ceux de son fils, il lui faudrait l'opportunité d'un grand geste à accomplir.

Il faudrait pouvoir partir avec panache.

Le dos appuyé contre le flanc de l'Alaskan, elle fumerait bien un joint, aussi. Balayer ces idées qui la taraudent et lui font voir clairement la situation. Elle repense à cette nuit où tout a commencé, la cigarette qu'elle voulait fumer, le sanglier sur la route, son camion en flammes. Les regrets sont bien tristes, et c'est comme ça.

À côté d'elle, Murielle (4) la fixe de ses yeux grands ouverts. Anna est sur le point de lui demander ce qu'elle veut, puis remarque son regard vide. Ça ne l'effraie même pas; l'absurdité vécue par son propre corps a posé comme une patine entre la réalité et sa perception. Il n'y a plus lieu de s'étonner de quoi que ce soit. Le flux, depuis le cœur, irrigue le corps entier, cinq litres de sang pompé par minute, 100 000 kilomètres de vaisseaux irrigués, et c'est tout.

Anna bouge ses fesses qui frottent sur le sol, elle s'approche de Murielle, saisit sa main libre dans la sienne : froide. Elle tâte son pouls, les battements sont à peine perceptibles.

Anna repose la main inerte, s'éloigne pour reprendre sa place. Elle ne sait pas quoi faire, d'autant plus que la concurrente numéro 4 n'a pas lâché la voiture. Anna se contente de regarder cette femme qui lui a refusé une gorgée d'eau, cette femme qui mourra peut-être et dont l'absence n'enlèvera rien à l'humanité. Une perte silencieuse et absolument sans conséquences, comme elle-même le serait pour n'importe lequel d'entre eux.

« Sans doute un coma métabolique. »

Anna se tourne vers Daniel Schmidt (5) qui a rampé jusqu'à elle, silencieux.

Sa présence est presque un soulagement, mais elle ne dit rien, elle est fatiguée, Anna est si fatiguée.

« Forcément, ceux qui sont différents sont les plus redoutables, continue l'ancien légionnaire à voix basse. Le paraplégique, la sourde-muette... Et vous savez pourquoi ? Parce qu'ils ont appris la patience.

— C'est fini pour Murielle.

— Seule l'adversité pouvait l'empêcher d'aller jusqu'au bout.

— Il y a vous, aussi, et votre main coupée...

— Moi ? Je ne compte pas, non. »

Anna ne relève pas. Au point où elle en est, le légionnaire pourrait se flinguer en public, ça la toucherait à peine. L'épuisement gomme tout, l'épuisement est le pilier sur lequel repose l'indifférence.

« Et puis, dans un autre registre, il y a vous, bien sûr, ajoute encore Daniel.

— Vous oubliez Lola.

— Je ne crois pas à la vanité. Je pense que vous êtes en tête de liste. À moins qu'on ne change la donne au dernier moment, c'est vous qui gagnerez, Anna Loubère.

— Quelle donne, de quoi parlez-vous ?

— Et si c'est pas vous, ils célébreront n'importe lequel d'entre nous. Ils savent faire feu de tout bois. Vous l'avez compris, non ? Ils comptent que toute cette merde soit une grande fête pour la nation, qu'on soit tous gagnants et réconciliés...

— Arrêtez. S'il vous plaît. C'est déjà assez dur comme ça. Je m'en fous de vos états d'âme. Vous pouvez rester sans parler, ça m'est égal.

— Ne vous inquiétez pas. Vous allez vous endormir et ensuite je ne serai plus là. »

Daniel pose sa main sur l'épaule d'Anna. Le contact de cette main en plastique la révulse, elle se dégage aussitôt.

Anna pense qu'elle n'aurait jamais voulu être ici.

Elle pense que ce qui est important devient dérisoire.

Elle pense que le temps use les certitudes.

Elle pense qu'elle n'aura plus la force.

Elle pense qu'elle s'endort.

« Je vais alerter les organisateurs. Pour Murielle », dit-il.

Et l'ancien légionnaire s'éloigne.

Et malgré la sirène qui retentit dans la nuit,

le sommeil arrive.

Plus que quatre.

Encore quatre.

Quatre.

24. PLASTIQUE

Léo n'y pense pas, mais le monde est en train de fondre. Il se consume dans l'uranium transformé, dans le pétrole brûlé, dans les gaz qu'on déshydrate, dans le verre et le polytéréphtalate d'éthylène qu'on recycle. On observe cette tendance vers l'entropie, cette énergie qui, une fois libérée, se dégrade et tend vers le froid et l'immobilité.

Le matin est aussi celui du soleil qui brûle et se consume. Sa fin est lointaine, une hypothèse à vérifier dans quelques milliards d'années. En attendant, la vie palpite dans les veines du gamin. La vie s'en fout, c'est son insolence et sa grandeur. Même vieux, usé, abattu, il ne faudrait jamais perdre l'insolence. Le fait d'être là, simplement d'être là vivant, est déjà un défi en soi.

Léo arrache les mauvaises herbes, arrose les plants de tomates et d'aubergines. Ses yeux sont encore gonflés à cause des larmes de la veille et de la nuit agitée, mais il lui faut aller de l'avant : entretenir, cultiver, cueillir. La tâche est éternelle. Le potager est une explosion de sève, un débordement contenu par son savoir-faire. Léo contemple fièrement les sillons rectilignes, les rangées de basilic, de sauge, de romarin. Celle de la lavande pour faire beau et s'en frotter les mains. Un héritage de son père transmis par Anna.

Une abeille se pose sur une fleur, et Léo se dit qu'il ferait bien d'apporter du miel à sa mère, elle a besoin de forces.

Il se dépêche d'enrouler le tuyau d'arrosage, de remiser son matériel. La radio a annoncé le retrait de Murielle Pareto (4). La cause du coma serait un problème de reins.

En même temps, il se sent soulagé.

Sa mère est toujours dans la course.

Voilà ce qu'on devient.

Insensible.

*

Léo la perçoit à peine a-t-il débouché de la piste cyclable. Une onde d'inquiétude.

Il la devine dans l'attitude fébrile des promeneurs, la posture des clients attablés aux terrasses des cafés. Le murmure se propage parmi les baigneurs peuplant la plage. Même l'océan s'agite de manière différente, sourde, désordonnée, alors que le temps est au beau fixe et que la brise est légère. Ce n'est pas l'excitation des vacances ni l'imminence de la Fête nationale.

Non.

Léo se lève sur son vélo, ses mollets durcissent sous les tours de pédale. Il tâche de voir le podium se dressant au loin, d'anticiper la nouvelle. Il rencontre des sourires crispés, entend des bribes de conversations en lien avec «Jeu». La curiosité se mêle à l'inquiétude. Il y a les écolos amassés et dévots, leur globe terrestre qui ondoie sous le ciel bleu, bougeant à peine dans l'air déjà suffocant, il y a leurs formules répétées toujours plus distinctes au fur et à mesure qu'il s'approche de l'estrade. Mais toutes les hypothèses sont en deçà de la réalité. Les gens tournent autour du chapiteau. Ils vont, regardent, puis reviennent. Sous la poussée des suivants, ils s'écartent et cèdent la place, diffusant ainsi la rumeur, l'expression du visage à la fois amusée et incrédule.

Coup de pied dans la ruche.

Ce que voit Léo est : une main scotchée à l'Alaskan.

Une main seule, destinée à accueillir un moignon d'avant-bras.

Une main factice.

Une prothèse.

Mais le corps de Daniel Schmidt (5) a disparu.

*

La Reine des abeilles marche seule dans la forêt environnant le manoir.

Son trouble appelle l'introspection.

Quelque part dans le monde, un homme vit, un homme respire, sans sa main.

Plus prosaïquement, le service juridique de l'émission se penche en ce moment sur le cas de figure. On a contacté d'abord Mylène Labarque qui s'est trouvée démunie face à l'incongruité de la situation. «Le dernier qui lâche gagne la voiture.» Elle avait cru atteindre l'épure, la quintessence du jeu, celle où une règle unique est suffisante pour tenir en haleine son public. Et voilà que ce gros beauf de légionnaire vient tout flanquer par terre. Un petit malin de l'étude Barnier & Associés a suggéré la suspicion de fraude au questionnaire lié à la déclaration d'intégrité physique et mentale remplie par le concurrent numéro cinq. Ce qui annulerait automatiquement sa participation. Il n'empêche : c'est un sacré coup au moral pour la jeune femme.

De manière plus vaste et philosophique, la Reine des abeilles se demande jusqu'où peut aller un être humain pour sauver le peu qui lui reste, quand ce peu n'est presque plus rien.

La Reine des abeilles marche seule dans la forêt. Il lui faut fatiguer son corps dans l'effort. Elle ignore si ce qu'elle ressent est de l'ordre de l'effarement ou de l'émerveillement. Peut-être tout cela prend-il une tournure différente ? Au lieu de masquer le désespoir, le « Jeu » le révélerait-il au grand jour ? Ça pourrait faire tache d'huile, l'huile sur le feu et ainsi de suite. Mais, peut-être, cela aussi est-il récupérable et peut se transformer en soulagement, un constat qui aurait à voir avec la lâcheté.

Que chacun se dise : il y a toujours plus désespéré que soi. Ça console. Ça apaise.

On peut se construire par le bas.

*

Sur scène, l'équipe du jeu gère avec efficacité la confusion causée par ces deux abandons spectaculaires, coma & disparition. Le Présentateur prend en main la situation, en retire le suc, commente en direct la venue du Samu ayant emporté Murielle Pareto durant la nuit. Il a pris une attitude affectée, en appelle à la compassion, à la solidarité alors que certains manifestants le conspuent et que les CRS sont sur le pied de guerre. Le Présentateur évoque le dépassement de soi, la volonté inébranlable, on lance un *crowdfunding* destiné à la famille de Murielle au prix d'un SMS. Le numéro s'affiche au bas de l'écran.

Ensuite, les caméras se fixent sur la prothèse en silicone scotchée sur la carrosserie blanche de l'Alaskan. On établit un portrait sommaire de Daniel Schmidt, son passé de soldat, sa fragilité psychique, on demande qu'il se manifeste pour expliquer son geste. Le Présentateur ironise sur le prix de l'objet et sa singularité. Il explique que Daniel peut revenir chercher sa main quand il le souhaite. La photo de l'ancien légionnaire s'affiche sur les écrans, le «Jeu» est prêt à l'accueillir sans le juger pour témoigner de son acte. On invite les téléspectateurs à signaler sa présence s'ils l'aperçoivent. Et déjà Daniel Schmidt apparaît aux quatre coins du pays.

Des voix s'élèvent disant que le «Jeu» est allé trop loin, mais ce sont des voix timides, des voix parasites rapidement étouffées par les médias dominants qui interrogent sans s'insurger.

Dans le public, la stupéfaction se mue en fébrilité. Une tension se rassemble et s'amplifie, tourne sur elle-même et croît. L'énergie s'accumule. Les individus s'agitant autour de l'estrade sont autant d'atomes désorganisés produisant de la chaleur, du bruit, des actions désordonnées et impulsives. On s'énerve, on se marche dessus, on s'agace. Une bagarre éclate. Des gendarmes interviennent. Un second car de CRS est dépêché en marge de l'Esplanade, prêt à intervenir. On établit un cordon de sécurité supplémentaire au-delà du périmètre du podium. De manière diffuse et discrète, on surveille, on contrôle. Vu l'ampleur que prend le «Jeu» et l'imminence du 14 juillet, le cocktail pourrait s'avérer explosif, on n'est pas à l'abri d'un acte terroriste.

Au point d'en oublier presque qu'ils sont encore trois.

À tenir.

Roland Fève (13). Double médaillé d'or olympique et champion du monde de cyclisme handisport. Des bras comme des bûches, un torse démesuré de puissance et des jambes inertes et rachitiques, un têtard. Lui qui est descendu en enfer, en est revenu, lui qui peut marcher sur ses mains pendant un kilomètre. Il faut le voir, pourtant. Immobile, dégoulinant de sueur, il a beau talquer ses fesses lors des pauses pipi, sa peau se nécrose et les escarres commencent à sentir. Au cinquième jour du concours, Roland Fève donne l'impression de se ratatiner, d'éprouver une souffrance qui l'épuise de l'intérieur : « Je ne suis pas venu là pour la voiture. Si je gagne, j'en ferai don à une association d'aide aux handicapés. Je suis venu dans un esprit compétitif, pour me mesurer une nouvelle fois à moi-même. »

Lola Zerfi (17). Se transcende au fur et à mesure qu'elle endure. Son corps se liquéfie, sa taille déjà fine entrerait dans une robe de fillette. Ce qui se détache d'elle est sa chevelure abondante, sa bouche de lamproie gonflée au collagène, ses seins disproportionnés qui la soulèvent et semblent gonflés eux aussi à l'hélium plutôt qu'au silicone médical. Dans un élan narcissique, elle lève son T-shirt et révèle les deux ailes tatouées dans son dos. Ovation du public, ses fans sifflent et l'encouragent. Un mouvement de foule pousse en direction de l'estrade, le service de sécurité absorbe l'onde de choc comme il peut. Lorsqu'elle se retourne, son bras fin cache à peine les mamelons qui débordent. Lola baisse la tête, les boucles de ses cheveux platine masquent son visage, sa voix dans le micro est un souffle rauque qui va en s'amplifiant : « Je suis là pour *vous*, rien que pour vous, et je vous *aiiiiiiime* ! »

Anna Loubère (1). Se demande comment elle a pu en arriver là. Il y a bien les cernes sombres autour de ses yeux, les joues creusées, les cheveux devenus cassants, le bronzage cuivré virant au gris acier. Mais fondamentalement, c'est elle, le corps sec et tendu, avec cet éclat de conscience dans ses yeux qui lui fait voir le monde tel qu'il est : « Je n'ai pas d'autre raison d'être là que cette voiture. »

Sa franchise déçoit. Les écolos la sifflent. Anna baisse dans les sondages, Lola et Roland sont au coude à coude des préférences du public. On attend d'eux qu'ils recouvrent le trivial par un vernis de sublime, qu'ils justifient leur présence par une idée qui serait grande et plus généreuse, une idée plus grande que nous tous.

Le Présentateur remercie les concurrents.

Ils sont les finalistes, en quelque sorte.

Autour d'eux, la ruche bourdonne.

Duel à trois.

Truel.

The show must go on.

III

RÈGNE VÉGÉTAL

« *Apporte de l'argent, si tu perdais...*

– Je ne perds jamais. Jamais vraiment. »

Alain Delon,
dans *Le Samouraï*

25. PHOTOSYNTHÈSE

« Léo ?

— Oui, maman ?

— Depuis combien de jours je suis ici ?

— Tu ne sais plus ?

— Depuis combien de jours, s'il te plaît.

— Six. C'est aujourd'hui le sixième. »

Anna ferme les yeux, ses lèvres remuent en silence.

« Cent quarante-quatre heures.

— Cent quarante-huit, rectifie Léo. Il est treize heures.

(Dix minutes !)

— Viens dans mes bras.

— On n'a pas le temps.

— Viens, je te dis. »

Léo se laisse étreindre par sa mère. Son odeur acide est repoussante, il se force, il s'en veut d'éprouver un tel dégoût.

« Je veux te toucher. Je ne veux pas que ce soit cette voiture,
je veux que ce soit toi celui que j'aurai le plus touché dans
ma vie.

— Maman, je...

— Attends, on va rattraper quelques minutes, c'est déjà ça.
On ne sait jamais, il faudrait pouvoir tout compter à la fin,
tu sais? Faire un tableau, une sorte de bilan...

— Maman, t'as de la fièvre? fait Léo en se dégageant
doucement.

— Tout va bien.

— Termine ton sandwich, je vais te masser les mains. »

Anna fait un effort pour avaler la dernière bouchée. Elle a
l'impression de ne plus avoir de force dans les mâchoires,
encore moins pour déglutir.

« Donne-moi ta main, allez... »

Anna s'exécute. L'adolescent se met à pétrir sa paume
moite.

« N'oublie pas de boire, hein ? »

Anna ne répond rien, elle observe son fils concentré sur son
geste.

(Sept minutes!)

« L'autre... »

Anna pose sa main droite sur la tôle de l'Alaskan, retire sa
main gauche et la tend à Léo.

Toujours ces trois temps.

Une valse à la con.

Anna voudrait savoir comment il fait pour ne pas lui parler
de cette lettre, du trouble qu'il a dû ressentir. Anna découvre
à son tour que Léo possède son monde à lui. Léo dont elle
connaît tout, chaque recoin de son corps, les maladies, les
bobos, l'hygiène ; chaque recoin de son âme, les peurs, les
joies et les peines. Les questions, les centaines de questions

222

auxquelles elle a répondu. Son enfant devient pour elle un mystère qu'elle doit accepter.

(Quatre minutes!)

Et peu importe, au final.

Un regard peut suffire.

Celui qu'ils échangent maintenant.

Sa main dans celles de son fils.

*

Elle s'est trouvé une petite niche, recroquevillée en chien de fusil, peinarde, un concours pour gagner une bagnole, un truc vraiment simple pour pas s'emmerder dans la vie, allongée tranquillos sur un tapis de mousse à l'ombre d'un pick-up Alaskan qu'on cajole — on pourrait se dire que c'est un bon plan, mais c'est sans compter les indiscrets venant vous solliciter n'importe quand.

« Hé! Anna! »

Anna se retourne: une femme se présente au pied du podium, dans le passage situé entre le cordon de sécurité du staff et celui de la gendarmerie. Le public a désormais uniquement le droit de défiler quelques minutes près de l'estrade. Il s'agit d'organiser le flux, de sécuriser l'enceinte depuis les dernières échauffourées. Ça crée des frustrations, de l'engorgement, une longue file d'attente. D'un autre côté, les spectateurs peuvent observer plus calmement et de plus près ces nouvelles célébrités nées avec le « Jeu ». On leur autorise un mot, une brève conversation, un encouragement; en aucun cas des insultes ou une aide, sous peine d'expulsion immédiate.

Anna se contente de leur adresser un regard, parfois un sourire lorsqu'un fan s'adresse à elle. Elle est devenue une bête de foire, affichant le regard las d'une femelle bonobo ou celui halluciné d'une lionne prisonnière dans sa cage. La lassitude ou la folie, selon qu'elle traverse des moments d'abattement ou de révolte.

« Anna ? »

Elle met du temps à reconnaître Pauline, c'était dans une autre vie. Une réapparition, une incongruité du passé venant hanter le présent.

« Arrête, Pauline. Ce n'est pas moi.

— Cette bonne blague. »

Anna tente un sourire qui est une grimace. Trouve la force de lui demander, alors qu'elle s'en fout :

« Tu n'es pas partie ?

— Comme toi, j'ai décidé de me battre. De toute façon, je n'ai plus rien nulle part. »

Les cheveux de Pauline ont poussé, elle porte un short en coton, des bracelets porte-bonheur aux poignets, un pull blanc où il est écrit en noir *Everlast*. Son bronzage fait ressortir ses taches de rousseur. Anna ne l'a jamais vue aussi belle.

« Et tes filles ?

— Elles vont bien. Elles sont sur la plage avec ma sœur. Je suis venue exprès, tu sais ? On va passer ici le 14 juillet. Et Léo ? C'est toujours lui ton Ange gardien ? »

Anna acquiesce, se dépêche de fermer les yeux. Si tu savais comme j'ai honte, Pauline.

« Comment tu vas ? » lui demande Pauline.

Anna rouvre les paupières.

« J'en sais rien. C'est bientôt fini, de toute façon.

— Avec ta nouvelle voiture, tu viendras à la maison. On fêtera ça. Une autre maison, une autre vie, d'accord ? »

Anna fait encore oui de la tête, Pauline lui envoie une bise, et Anna aurait préféré qu'elle ne soit jamais venue.

Anna reste seule.

Avec tous ces gens autour, mais seule.

Le vent se lève.

Anna frissonne.

Elle se tourne et regarde la mer.

*

Où Léo constate que la houle a grossi.

Un vent latéral pousse la planche qu'il transporte sur son vélo. Il compense avec le poids de son corps pour ne pas se laisser déséquilibrer.

Sur la plage, les rafales soulèvent des nuées de sable qui, par moments, tourbillonnent et forment un écran tamisant le soleil. Les parasols s'envolent, les sandwichs deviennent immangeables et les baigneurs s'en vont les uns après les autres. Une retraite bigarrée en tongs, chariots de plage, nattes et skimboards sous le bras. Une longue marche de serviettes, glacières, ballons et crèmes solaires. Hâle uniformément doré sur la jeunesse aux corps souples, mais aussi coups de soleil vaches et mal répartis sur des peaux flasques. Celles-là mêmes dont se foutent Kevin et ses copains, pauvres cons désœuvrés, assis sur le dossier du banc, les pieds nus sur le siège de béton rongé par le sel.

« Ça va grossir encore, tu crois ? demande un des garçons.

— Tu parles de la rouquine et du thon qui doit être sa fille ? » répond Kevin.

Tous se marrent.

« Je te parle des vagues, mec.

— Parti comme c'est, ça devrait durer au moins vingt-quatre heures, répond Kevin. Hé, vous savez quoi les mecs ? On devrait profiter de la télé et de leur jeu à la con pour surfer sur la plage centrale. Avec le vent et les grosses vagues, y aura personne, ils pourront pas nous louper...

— À quelle heure la pleine mer? demande un autre.

— On s'en fout, on aura quand même du deux mètres cinquante, trois mètres. Faut viser le jité de 13 heures. De toute façon, à ce moment-là, ça devrait le faire...»

Les copains approuvent.

Léo passe dans leur dos en roulant sur son vélo. Ils ne le voient pas, ils ont beau être des connards, ce sont quand même des surfeurs, et l'océan capte leur attention. Léo entend la fin de leur dialogue, avant qu'il ne sombre encore dans la vacherie.

«Mate voir le gros avec ses gosses! Putain d'éléphant de mer!»

Léo quitte le boulevard de la Plage et rejoint le magasin de Tanguy. Léo vérifie que le *gun* est toujours en vitrine avant de prendre par l'entrée du parking et de traverser la cour. Il pose son vélo sur la béquille, devant l'atelier de réparation. À l'abri du vent, le calme est revenu et ses oreilles ne bourdonnent plus.

La porte de l'atelier est ouverte, une puissante odeur de résine et de colle le cueille aussitôt à l'intérieur. La poussière en suspension est visible sous les rais de lumière provenant des Velux. Un *longboard* repose sur des tréteaux et une vingtaine de planches sont alignées comme des tranches de livres sur leurs supports en attendant d'être réparées. Posters sur les murs de Kelly Slater, Andy Irons ou Bethany Hamilton, la surfeuse au bras amputé par un requin. D'autres, plus anciens, aussi, comme Duke Kahanamoku et Tom Curren, ceux qui ont donné ses lettres de noblesse à la discipline. Léo Loubère les connaît tous, que ce soit par YouTube, les livres ou les récits de sa mère.

Il regarde autour de lui, personne dans l'atelier bien que les voyants du rabot et de la ponceuse électriques posés sur l'établi soient allumés.

«Léo, je suis là.»

Le garçon aperçoit Tanguy assis dans un minuscule bureau en partie masqué par des pots de peinture et des plaques d'époxy. Sa voix lui parvient étouffée derrière les vitres sales l'isolant de l'atelier.

«Referme la porte, je veux pas de poussière ici.»

Léo obéit. Tanguy glisse sur son tabouret à roulettes, revient à l'écran de son ordinateur. On y voit une carte de météo marine évoluant en temps réel, les fronts chauds et froids en rouge et bleu, la direction des vents indiquée par des flèches. Tanguy a remis ses lunettes de lecture et analyse les images. Son T-shirt s'arrête au nombril et laisse dépasser son ventre. Une cigarette se consume dans le cendrier et rend l'atmosphère irrespirable. D'ailleurs, Tanguy la prend et tire dessus une dernière fois avant de l'éteindre.

«Il paraît que ça va grossir, dit Léo.

— T'es au courant?

— On en parle, ouais.

— Ça nous change du «Jeu».

— Peut-être du trois mètres, j'ai entendu.

— Avec un coef' de soixante-treize et un vent soufflant nord-ouest, on aura un gros paquet de déferlantes. L'inconnue, ce sont les périodes...

— T'as l'intention de la surfer?

— Léo, regarde-moi. Tu plaisantes, dis? Tout juste si je peux faire du *bodyboard*, et encore. Entre la planche et moi, il y a ce bide qui m'éloigne de l'eau! Non, je répare et vends des planches, j'irai faire quelques photos, mais pour moi, ça s'arrête là.»

Léo détourne son regard de Tanguy, mal à l'aise.

«Ben, justement. Je... J'ai apporté ma *fish* pour remplacer les dérives...

— Oui, bien sûr. On va s'en occuper. Mais d'abord, dis-moi, comment tu vas?

— Bien, pourquoi?

— Je sais pas. C'est pas tous les jours qu'on reçoit une lettre de son père dix ans après sa mort, non?

— Tu es... T'es au courant?

— C'est moi qui ai présenté ta mère à Luis. Ça m'a fait mal aux fesses, tu sais? J'en pinçais pour ta maman, j'en étais raide amoureux, ouais! Et ton père, je le rencontre à Biarritz et... Attends!»

Tanguy se tourne sur son tabouret, fouille dans un tiroir à dossiers suspendus, grommelle que c'est pas là, merde, se met à chercher dans le fatras de ses documents dispersés.

«C'est tellement précieux que je le trouve jamais, ce putain de truc!»

Tanguy déniche finalement ce qu'il cherche dans une chemise plastifiée, une photo grand format légèrement décolorée montrant trois jeunes gens, deux garçons et une fille, en combinaison de néoprène, les cheveux humides, tenant chacun une planche de surf à la verticale.

«Anna Loubère, Tanguy Larios et Luis Urrutia. Le club avait organisé une sortie pour se mesurer à ceux du Pays basque. J'avais battu ton père, ça aura été ma consolation!»

Léo observe attentivement la photo. Ses yeux deviennent rouges, mais c'est sans doute à cause de toute cette fumée de cigarette.

«C'était en quatre-vingt-dix-neuf. Après ça, Anna et Luis sont partis au Mexique, puis aux États-Unis. Ton père s'en foutait de la compétition. Moi, j'ai continué avant de me péter le ménisque. Et ta mère n'a pas eu trop de peine à se faire à l'idée de surfer les plus belles vagues du monde sans sponsors ni juges attribuant des points. Ils avaient un peu d'économies, faisaient des petits boulots. C'était vivre comme ils l'entendaient, à leur propre rythme, gagner leur liberté... Ce qu'on appelle un choix de vie, tu comprends ? Et ce choix, ils l'ont fait ensemble...

— Et ensuite, je suis né.

— C'est ça. Ta mère m'écrivait de temps en temps. Je suivais leurs péripéties tandis que je devenais champion national et m'enfonçais dans une vie dissolue. J'ai quand même eu la présence d'esprit d'acheter cette boutique avant de laisser tomber la compète.

— Et ma mère ?

— Quoi ?

— Tu crois qu'elle s'est trompée, elle aussi ?

— Pas quand on poursuit sa voie, non. Après, c'est aussi une question de chance. Et ton père, Luis, n'a pas eu de pot avec sa maladie. Du coup, tout a été plus difficile pour ta mère, beaucoup plus difficile. Il y avait toi, il y avait son chagrin, et le rêve en a pris un sacré coup.

— Tu sais, Tanguy... Si elle fait ce concours, c'est à cause de moi.

— Ce truc, c'est une vraie merde, mais ça peut vous changer la vie, vous permettre un nouveau départ.

— Et si elle ne gagne pas ?

— Elle aura perdu après avoir essayé. Ne t'accable pas, Léo. »

Tanguy ôte ses lunettes de vue, elles pendent au bout d'un cordon autour de son cou. Il a l'air vieux, tout à coup. À peine quarante ans et enveloppé dans une gangue de nostalgie.

229

«Avec maman, vous ne vous voyez jamais. Comment ça se fait?

— C'est pas quinze kilomètres qui nous séparent, c'est toute une vie. Parfois c'est comme ça, Léo.»

Il pourrait ajouter que de se voir, ça leur fait mal, ça leur rappelle qu'ils auraient pu devenir autre chose que ce qu'ils sont. Tout ça paraît bien cool, le surf, la boutique, vendre des poulets sur les marchés... Mais au fond, tous les deux savent qu'ils ont raté le coche, qu'ils n'ont pas tenu les promesses faites à eux-mêmes.

«Tu sais que mon père a choisi de mourir? demande Léo.

— Je sais, oui. Comment tu prends ça, gamin?

— Je me dis qu'il est toujours là, quelque part dans la mer. L'océan l'a gardé avec lui.

— Il en faut du courage, tu sais? Un pêcheur a retrouvé sa planche trois jours plus tard.

— Celle dans la vitrine.

— Celle dans la vitrine. Entre nous, les affaires vont mal. Je sais plus trop quoi faire pour sauver la baraque.

— Même le coup de pub de la casquette, ça n'a pas marché?

— Quelques T-shirts, des locations de planches, mais pas plus, non. Peut-être que même ça, je vais le perdre... »

Léo étouffe dans cette espèce de bocal. Tanguy comprend que c'est le moment de changer de sujet. C'est bien beau de faire le point et tout, mais au bout du compte, ça devient lourd. Juste une dernière idée, comme ça, traverse l'esprit de Tanguy: ça lui plairait bien d'avoir un gosse comme Léo. Peut-être qu'il devrait s'y mettre, commencer par perdre du poids et, ensuite, trouver une femme prête à le vouloir, elle aussi.

«Bon, c'est pas tout. Amène ta planche, on va réparer ça.»

*

Au soir du 12 juillet, ils sont toujours trois sur l'estrade, les mains posées sur l'Alaskan que deux membres de l'équipe frottent au polish afin qu'elle brille. Les concurrents sont exsangues. Ils devraient se la jouer à chifoumi, déterminer le gagnant par un coup du sort, abréger leurs souffrances, surtout pour les deux perdants qui n'auront rien d'autre qu'une gloire ridicule avant l'oubli.

Le grand final approche, le Conseil s'est réuni :

« Il faudrait que le vainqueur soit désigné demain, lâche Jean de Laurençon (France Télévisions).

— Il le *faudra*, rectifie Mélanie qui surprend tout le monde en prenant la parole. Je vous rappelle les termes de l'accord : le « Jeu » ne doit pas interférer avec les festivités du 14 juillet.

— De toute façon, ajoute Camille Mangin (Préfète de Nouvelle Aquitaine), je ne peux pas garder mobilisés deux cars de CRS au-delà de soixante-douze heures.

— Quoi qu'il en soit, on touche au but, affirme Justine Crot (Endemol).

— Dans un monde idéal, s'agace Anthony Jourdain (Groupe JCDecaux), on aurait dû faire fusionner les deux événements.

— Laissez tomber le monde idéal, mon cher. À écouter les écologistes, il serait sans voitures », plaisante Xavier Floriot (Groupe Renault).

On rit.

« Que dit le médecin sur place ? » demande le Roi lion par visioconférence (dans son dos, une baie vitrée donnant sur Shinjuku et, entre les gratte-ciel, un bout du mont Fuji).

Mélanie, préparée à cette question, consulte son dossier et cite le médecin :

« Les concurrents arrivent au bout de leurs ressources physiques. Ils tiennent sur la seule volonté.

— La volonté peut beaucoup de choses, dit le Roi lion. On a frôlé la catastrophe avec le coma de la numéro 4. Il ne faudrait pas que ça se retourne contre nous. Au fait, comment se porte-t-elle ? »

Les regards se tournent vers Mélanie, qui répond :

« Stabilisée. Elle devrait se réveiller sous peu. »

Camille Mangin prend la parole : « On pourrait invoquer un péril menaçant leur intégrité physique et décider à leur place ?

— Vous voulez dire provoquer un abandon ? demande le Roi lion.

— Excellente idée, appuie Jean de Laurençon.

— Accélérer la dynamique, je vote pour, ajoute Anthony Jourdain.

— Moi aussi, conclut Justine Crot.

— Qu'en pensez-vous ? » demande Xavier Floriot.

Le Roi lion réfléchit, puis, s'adressant à la conceptrice du « Jeu » :

« En êtes-vous capable, mademoiselle ?

— Absolument, répond Mylène Labarque. Demain matin, vous aurez mes propositions. »

Le Roi lion s'adosse à son fauteuil, croise les doigts sur son ventre :

« Très bien. Éliminez qui vous voulez. Je vous laisse carte blanche. Pour le reste, j'ai confiance dans une issue qui se fera naturellement. Sachez que je respecterai notre accord et que nous aurons notre vainqueur demain.

— Un instant, si vous permettez... »

À nouveau les regards convergent vers Mélanie, l'ombre au tableau parce que la voix et l'oreille de la Reine des abeilles. Soupirs, raclements de gorge et gestes d'agacement manifeste.

« À l'exception de la concurrente numéro 1. Nous la voulons en finale. »

Mélanie a osé le « nous » en parlant au nom de la Reine des abeilles.

Mélanie referme son dossier.

Pour une fois, c'est bon d'avoir le dernier mot.

*

Ils ne se connaissent pas, ont hésité, chacun de leur côté. Et puis, la pugnacité d'Anna a forcé leur admiration, peut-être aussi que sa soudaine notoriété et sa possible victoire feront rejaillir un peu d'éclat sur leurs propres vies. Des vies plus ou moins petites et anonymes, même s'il ne faut pas les juger.

« C'est bon, je vous le fais à douze mille, mais vous me payez en une fois et je me charge de rénover l'intérieur et d'installer une nouvelle rôtissoire. En échange, vous me faites de la pub sur les flancs de votre camion. »

Richard Cœur d'Occasion a parlé.

Anna le regarde, hébétée. Elle se souvient vaguement de ce visage qu'elle associe à un endroit triste un jour de pluie.

« Que vous gagniez ou non, vous êtes une célébrité, Anna. On va s'arracher vos poulets, c'est moi qui vous le dis. »

Richard demande à l'un des vigiles de donner sa carte de visite à Anna.

« Appelez-moi, d'accord ? »

...

« Voici l'aînée, Sarah, et son frère Lucas. Ma femme, Lorie... Ben, je... On tenait à vous féliciter.

— Bonjour Anna, c'est fantastique ce que vous faites, dit Lorie. Dans les sondages, on a voté pour vous, vous savez ? »

Anna zappe l'épouse blonde et se souvient parfaitement de Jérôme Mounir. Il est beau et c'est un lâche.

233

«J'ai parlé à la direction régionale qui me charge de vous annoncer qu'elle est prête à envisager un remboursement. Pas au prix du neuf, mais de quoi vous acheter un véhicule d'occasion. On serait ravis de vous compter encore parmi nos clients. On croise les doigts, Anna, on est avec vous. Les enfants, dites au revoir...»

...

« Laurence Schaub », s'annonce la proviseure au pied de l'estrade.

Au moins, elle est venue seule, sans enfants ni époux, et Anna peut se concentrer sur son visage. Le moindre mouvement de la tête lui inflige des élancements, des pointes d'aiguille enfoncées à la base du cou et sur les tempes.

«Il y a trois ans, j'ai perdu un de mes trois enfants, fait madame Schaub. La cadette. Peu après, on m'a diagnostiqué un cancer du sein. J'ai passé deux ans d'enfer, de véritable enfer. Il ne se passe pas un jour où je ne pense pas à ma petite Chloé.»

Anna ne bouge pas, que peut-elle?

«Vous ne pouvez rien, Anna. Je voulais seulement que vous sachiez que je ne suis pas cette femme-là, celle que vous pensiez que j'étais. Une nantie, une sans-cœur. J'ai retiré la plainte contre votre fils, il n'y aura pas de suite pénale. Et je serai là pour l'accueillir dans mon collège à la rentrée.»

Laurence Schaub s'en va dans sa jupe bleue et son chemisier pastel. Le petit sac en bandoulière. Son corps long, et son allure élégante.

Anna Loubère voudrait lui dire merci, mais elle n'a plus

...

la force

...

de rien.

*

Lors du dernier ravitaillement de la journée, Léo en profite pour apporter un pull à sa mère. L'air a fraîchi, une chute de dix degrés. Et avec l'arrivée de la nuit, ça va baisser encore. Ce qui n'empêche pas les manifestants de voir leurs rangs grossir avec l'apparition d'une vingtaine de punks à chien venus là pour se pinter et foutre l'ambiance. Quant au reste du public, il s'est montré plutôt frileux et préfère se calfeutrer dans les bars et les restaurants.

(Une minute!)

« C'est le dernier soir...

— Pourquoi tu dis ça? T'en sais rien, maman.

— Demain, je dors à la maison, Léo.

— T'as décidé d'abandonner?

(Trente secondes!)

— Pas moi, Léo. Moi, je ne décide plus rien. File, maintenant. »

*

Léo pédale sur son vélo, poussé par le vent. Il traverse un soir de ciel gris. Les nouveaux ailerons de sa planche ont redonné du sens à l'ordre des choses et rétabli la fluidité du mouvement.

Il faudrait pouvoir identifier le moment exact des révolutions intérieures, ces franchissements sur la ligne du temps. C'est une mue, une peau qu'on quitte, une autre qu'on revêt. Et dans l'intervalle, on n'a jamais été aussi nu.

Léo range sa planche et son vélo dans la remise. Vérifie l'état du potager tandis que les premières gouttes de pluie rebondissent sur les feuilles vertes et les tomates mûres.

Dans le bungalow, il fait la vaisselle, passe l'aspirateur, change les draps de son lit et de celui de sa mère. Il faut que tout soit impeccable. Le désordre contribuerait à la confusion dans sa tête. Il faut pouvoir s'asseoir sur du tangible, s'élever à partir d'un socle.

Un socle sans poussière. Un socle net.

Anna a dit qu'elle rentrerait demain. Soit. Son retour sera une fête. Quoi qu'il arrive, peu importe l'issue, ce sera un retour à l'essentiel. Il ne voit pas trop comment ils s'en sortiront si elle ne gagne pas, comment évoluera leur vie. Il pense qu'ils pourront réduire encore le nécessaire, qu'ils pourront faire comme ce marin dans son livre, qui n'a plus grand-chose dans son bateau et trouve encore le moyen de jeter l'inutile par-dessus bord.

Il pense à la mer et aux vagues.

Il pense au dénuement comme forme suprême de liberté.

Et Léo s'endort sans peur.

26. RÉSINE

Anna a perçu le changement dès son réveil. Les rouleaux ont pris cette cadence qu'elle reconnaît, la houle jetant sur la plage le fracas des vagues. Ce bruit de succion sur le sable lorsqu'elles se retirent, la puissance qu'elles annoncent dans ce mouvement de repli avant le prochain déferlement.

Parce que d'ici on voit la mer — la mer au-dessus des gens, la vue dégagée jusqu'où porte le regard —, Anna s'est levée, mue par l'instinct et l'imminence de l'affrontement. Les embruns se mêlent à ses cheveux, Anna est la seule à s'ériger face l'océan; Lola enroulée dans son duvet et endormie à l'abri du vent; Roland ronflant et emmitouflé dans sa couverture, son fauteuil abrité derrière la cabine du pick-up; l'équipe s'est calfeutrée de l'autre côté des bâches la séparant du chapiteau, allongée sur des lits de camp et réchauffée par la ventilation; les manifestants se pelotonnent les uns contre les autres pour se protéger du froid, leurs sacs de couchage et vieilles couvertures les enveloppant comme des chrysalides; les gendarmes et les CRS plus ou moins au chaud dans leur masse musculaire et leurs cars aux vitres grillagées.

Dans les rues, les réverbères s'éteignent d'un seul coup. Le ciel est lourd de nuages poussés vers le continent, des strates d'azur fendent l'horizon. Le soleil propose des couleurs éphémères qui se reflètent dans les vagues ourlées et brunes. Plus proche de la mer, Anna.

Son souffle comme un baiser.

Tu es la première à voir cela, la première à la reconnaître.

Tu sais lire le vent et les vagues.

Elle vient à toi puisque tu ne vas pas à elle.

Elle t'attend.

Elle te parle.

Tu as compris qu'il va falloir affronter tout cela, aussi.

Tu n'as pas peur.

Tu n'as plus peur.

Tout devient clair.

La main sur l'Alaskan comme un dernier rempart avant la chute.

*

L'hélicoptère de la gendarmerie patrouille au-dessus de l'eau, à la limite de sa portance. Les rafales de vent sont une menace. Dès 7 heures, l'équipe du «Jeu» reprend son travail comme si ce jour n'était pas celui de l'apothéose, comme si tout ce qui allait suivre était normal. Chaque technicien, chaque collaborateur sait exactement quel est son rôle, efficience du taylorisme.

La ruche.

L'assistante-régie accompagne Anna aux toilettes, cinq minutes consacrées aux besoins physiologiques, ceux qu'on accorde même au condamné à mort. Assise sur la cuvette, son corps est devenu uniquement un lieu de transit. Elle profite surtout de cet aller-retour pour se mouvoir, rappeler à ses muscles qu'ils sont faits pour l'expansion et la vigueur. C'est une ancienne sportive, la mémoire du corps est tenace, elle se prépare à lutter.

Roland et Lola font également leur passage aux w.-c. Plus loin, les manifestants se réveillent gentiment, certains vont chercher du pain, d'autres apportent des thermos d'eau chaude ou de café. Les premiers vacanciers et les lève-tôt du troisième âge approchent les concurrents, profitent de l'affluence restreinte du début de journée pour défiler dans la zone de sécurité. En général, ils ne font que passer, timides. Et si l'on s'adresse à eux, chez les vieux couples, ce sont les femmes aux cheveux courts et gris qui prennent la parole. Mais pas chez eux, pas chez les Fincher, avec leurs cheveux longs et leurs bandanas :

«Anna, foutez le camp de là! l'exhorte Jacob.

— On a un peu d'économies, on va trouver une solution, merde! s'emporte Margaret.

— Jacob, Margaret? Mettez une bouteille de champagne au frigo, d'accord?»

Anna est debout et leur sourit, une main serrant la ridelle comme un capitaine sur le pont, tandis qu'un vigile accompagne les Fincher hors de l'enceinte. Elle se sent forte, ce matin. Un regain d'élan vital. Elle inspire à pleins poumons, oublie les Fincher et contemple l'océan.

*

À 9 heures, c'est le ravitaillement du 7e jour, soit 168 heures de présence continue à border le véhicule.

Léo arrive ponctuel, tartines de miel et jus d'orange. Lingettes humides, brosse à dents et une polaire au cas où elle aurait froid.

Plus loin, Lola est avec sa mère et Roland est accompagné de sa femme.

La pluie ne menace plus, le vent a chassé les nuages. Un ciel étincelant de pureté, l'air frais ayant balayé la canicule. Tout en avançant avec la marée, les vagues commencent à déferler de manière moins anarchique. Les premiers surfeurs se jettent à l'eau, franchissent les barres et rejoignent la zone d'impact de la vague. Les meilleurs, bien sûr. Ils se lèvent et c'est un spectacle de les voir descendre ces murs d'eau. Anna et Léo les observent un moment avant d'en revenir à l'atavisme des lingettes et du thermos de café.

« Tanguy m'a raconté des choses. Sur toi et... et papa.

— On aurait dû se fiancer, tu sais ? Avec Tanguy...

— Avec... ?! Non, il ne me l'a pas dit !

— J'en étais sûre... Sauf que je suis tombée amoureuse de ton père.

— De ça, il m'en a parlé.

— Alors, tu sais l'essentiel. »

Anna est sur le point de lever la main qui tient l'Alaskan pour la passer dans les cheveux de son fils, se retient.

« Je vais faire ma toilette, attention de ne pas renverser le café. »

Anna entame sa chorégraphie, l'alcool contenu dans les lingettes pique ses aisselles irritées.

« C'est toujours gratuit tous ces trucs ?

— Oui, t'en fais pas. »

Anna nettoie son cou, change de main, prend une nouvelle

lingette, s'attaque à l'autre partie de son corps, se couper du monde, se couper en deux, se diviser soi-même pour mieux régner sur son hémiplégie.

Léo constate que sa mère tremble, ses gestes sont saccadés. Ses yeux injectés lui donnent un air halluciné. Elle a dû perdre cinq kilos depuis le début du «Jeu», les muscles commencent à se relâcher.

L'œil de la petite caméra au-dessus d'eux glisse en silence. Léo met sa main devant la bouche comme il le voit faire à la télé par les sportifs ou les hommes politiques, tous ceux qui complotent ou mentent en public.

«Maman?

— Quoi?

— Laisse tomber. On arrête.

— T'es pas fou? Après tout ce qu'on a enduré?

— J'ai bien compris ce qu'ils veulent, que tout soit une fête, que tout soit un divertissement, une grosse blague, ils se font du pognon sur ta peau. *(Huit minutes!)* Ils veulent que tu sois un exemple, un modèle pour pas que les gens pensent à la crise et au reste, à tout ce qui se casse la gueule. J'ai compris, maman, je suis pas con, tu sais?

— Arrête Léo.

— C'est toi qui avais raison, maman. On s'est toujours débrouillés jusque-là, on n'a pas besoin de cette bagnole. On fera sans, je m'en fiche de la Californie et...

— Léo, tu m'emmerdes! Tais-toi, nom de Dieu!»

Lola (17), Roland (13) et leurs Anges gardiens les observent en silence. Le Présentateur, suivi par Émilie, se dépêche de rejoindre Anna et Léo. Col roulé, jeans, chaussures en cuir. Le même parfum entêtant et poivré. Pourtant, une nervosité affleure, palpable. Hors antenne le regard du Présentateur est dur, sa voix tranchante.

«Qu'est-ce qui se passe?

— Rien. Aucun problème, répond Anna.»

Il regarde Léo, devenu aussi pâle que sa mère.

«Tu es sûr, Léo?

— Oui, Monsieur.

— Anna, comment vous sentez-vous?

— Bien. Prête à continuer.»

De nouveau à Léo:

«Ta mère va bien?

— Oui, Monsieur.

— Anna, n'allez pas au-delà de vos limites, d'accord? Un accident nous suffit. Vous aurez la visite du médecin.

— C'est gentil, mais je tiens le coup, je vous assure.

— Le médecin décidera si vous êtes apte à continuer.

— Et vous, Monsieur? Vous allez bien?»

Le Présentateur est surpris par la question de Léo. Il se tourne vers son assistante, revient à l'adolescent:

«Ce n'est pas à moi qu'il faut demander ça, jeune homme, mais à ta maman.»

Il veut passer sa main dans les cheveux du gamin, mais Léo esquive son geste — là, au milieu du stress et de la confusion, Léo associe désormais son parfum à la soumission.

(Cinq minutes!)

«Eh bien! Bonne chance à vous deux.

— Le dernier qui lâche a gagné, lui rappelle Léo.

— C'est ça. Je croise les doigts», fait le Présentateur avant de s'éloigner.

Léo se lève à son tour.

«Où tu vas? Hé, Léo! crie Anna.

— Je te laisse les trucs.

— Excuse-moi, je ne voulais pas. Mais j'ai pas fait tout ça pour rien, Léo... S'il te plaît...»

Anna regarde son fils, lui adresse un clin d'œil pathétique, tente un sourire.

Mais Léo s'éloigne.

Je ne suis plus ce petit garçon-là, maman.

27. BALSA

Le soleil est un éclat d'optimisme dans le ciel profond. On observe comme un regain de confiance sous les pulls et les vestes de sport. Le front froid ne va pas durer, dès que le vent tombera, sont annoncées des températures à la hausse. Les vacances sont bien là pour ceux qui peuvent en profiter, ils sont la classe moyenne. Pour les autres, toujours plus nombreux, ils se consoleront demain avec le défilé sur les Champs-Élysées. Il culminera en soirée avec l'illumination de la tour Eiffel dont la rénovation est enfin achevée après trois ans de travaux. Les vastes toiles publicitaires des sponsors entourant les échafaudages (*Total, Sanofi, LVMH, Société Générale, Orange, BNP Paribas, AXA, L'Oréal, EDF, Vinci, Carrefour, Crédit Agricole, PSA, Électricité de France, Engie, Renault, Auchan Holding, Christian Dior, Finatis, BPCE, Saint-Gobain, CNP, Bouygues, Eiffage*) ont été ôtées.

Les plaques sur lesquelles sont gravés leurs noms seront inaugurées aux quatre pieds de la tour, un feu d'artifice clôturera la fête et la commémoration.

En attendant : le « Jeu ».

En finir avec.

Dans ces stratégies à la confluence de la politique, du marché et des médias, on attend l'icône populaire, un vainqueur qui sortira au moment opportun. Peu importe si pour cela, il faut forcer la main au destin.

« Lequel des trois ? » demande la Reine des abeilles.

Mélanie lui répond.

« Très bien.

— Comme convenu, sous les directives de Mylène Labarque, ils vont accélérer le « Jeu » pour que ça se termine dans les temps.

— Qu'on se dépêche, alors. Faites préparer l'hélicoptère. Décollage dans une heure. »

*

Lève-toi Roland, et marche.

Il n'a rien vu venir : d'abord, on l'a isolé derrière une bâche (« Pour préserver votre intimité », lui a-t-on dit), ensuite le médecin l'a ausculté et a rendu son verdict.

« Comment ça, abandonner ?! s'étonne Roland.

— Vous avez de la fièvre…

— 38°, c'est rien !

— Vos esquarres commencent à s'infecter, vous risquez la septicémie et le sable n'arrange rien.

— Arrêtez vos conneries. Je vais bien. J'ai connu bien pire sur une course. »

Le médecin se tourne vers le Présentateur :

«Le concurrent numéro 13 n'est plus en mesure de continuer. Vous avez le droit de ne pas suivre ma recommandation. Dans ce cas, vous en prenez la totale responsabilité.

— Ne l'écoutez pas! Je vous en prie!» s'exclame Roland Fève.

Irrité par ce stress supplémentaire, le Présentateur réunit le docteur et l'assistante-régie en aparté:

«Vous êtes sûr de votre diagnostic? demande-t-il.

— Le tableau clinique est encore sous contrôle, mais il peut s'aggraver d'un moment à l'autre, surtout si le défi se prolonge. Les plaies ne sont pas belles à voir, ça macère et ça sent, je...

— C'est bon, j'ai compris», abrège le Présentateur en affichant une mine de dégoût.

Le médecin l'entraîne à l'écart de son assistante.

«Ce sont les consignes, vous comprenez? Elles viennent de haut et il n'y a pas à discuter.»

Le Présentateur, à Émilie:

«Évacuez le numéro treize.

— Vous êtes sûr? demande Émilie.

— Si je dis de l'évacuer, vous l'évacuez, nom de Dieu! Et dites à la rédaction de me faire une fiche sur son parcours pour le 13 Heures.»

L'assistante-régie obéit et informe Roland Fève de son élimination.

«Fils de pute! crie Roland à l'adresse du Présentateur.

— Calmez-vous.

— Vous n'avez pas le droit!

— Emportez-le», fait Émilie à l'adresse du service de sécurité.

— Vous prenez là une sage décision. Je suis soulagé, dit le médecin.

— C'est ça, Docteur, dites trente-trois, ironise le Présentateur. Ils sont peinards dans leurs bureaux et c'est moi qui déguste en première ligne. »

*

La sonnerie de l'alarme et la confusion causée par la disqualification de Roland Fève (13) a rameuté du monde.

L'imminence du JT en duplex attise la fébrilité ambiante. Le vent brouille le son des micros, et le ciel trop grand asphyxie les rêves trop petits.

On a fait de la place au centre du chapiteau, là où une équipe technique termine d'installer une rampe d'accès reliant l'estrade à l'Esplanade, des hommes costauds travaillant rapidement et en silence — sur leurs *sweats* sans manches n'est pas inscrit le nom d'un groupe de rock, mais *Endemol* —, le genre à grosse barbe portant des bermudas avec des poches latérales, un bandana sur la tête et des lunettes noires. L'un d'eux se charge de mettre de l'essence dans l'Alaskan au moyen de jerrycans. Le dernier détail pour que la gagnante puisse repartir avec le pick-up.

(Anges gardiens, à vous! Ravitaillement!)

Anna et Léo n'ont rien changé à leur rituel, sauf qu'ils se taisent, ils n'ont plus rien à se dire. Tout a été épuisé, ils arrivent au bout. Anna n'a plus la force de s'excuser et Léo ne cherche plus à la convaincre. Le «Jeu» s'est immiscé dans leur vie au point de les éloigner l'un de l'autre.

«Vas-y, Léo. Je saurai me débrouiller...

— Dans les coulisses, j'ai entendu qu'on vous réserve quelque chose.

— Quoi encore? Que peuvent-ils faire de plus?

— Peut-être que c'est faux, j'en sais rien. Mais prépare-toi. »

Anna acquiesce. Elle aurait envie de chialer le peu qui lui

247

reste de larmes, ce qu'elle éprouve comme une injustice, cette façon qu'ils ont de mettre votre volonté à l'épreuve, leur façon de vous dire que ce n'est jamais assez, qu'on peut encore ajouter du dépit à l'écœurement.

«Maman? Je ne vais plus te regarder. C'est fini pour moi.»

Et vous ôter l'être le plus cher au monde.

Son fils s'en va.

Léo ne lui dit pas «bonne chance».

*

Il reste cinq minutes avant le direct avec le JT, on serre les derniers boulons des deux rampes métalliques. Le Présentateur porte une chemise blanche et un gilet molletonné, on lui fait une dernière retouche maquillage avant d'entamer le compte à rebours.

Lorsqu'il arrive près du chapiteau, le Présentateur guigne à travers les bâches, constate la présence massive du public. Il sent ce frisson lui revenir, celui des grands jours qui furent autrefois ses grands soirs, quand le monde donnait l'impression de lui manger dans la main.

«Émilie, à vue de nez, combien sont-ils?

— La gendarmerie les estime à plus de dix mille. On a dû ajouter des écrans géants dans les rues adjacentes.»

Le Présentateur ferme les yeux, savoure l'instant de gloire revenu, envoie mentalement se faire foutre tous ses détracteurs qui le voyaient fini.

«Bientôt à l'antenne. 5... 4... 3... 2... 1...»

Le Présentateur s'avance sur le podium au son du jingle du «Jeu». Son micro sans fil dans les mains, il provoque l'ovation tandis qu'il se dirige droit vers l'Alaskan où se trouvent Lola et Anna.

On a fait se lever les deux femmes. Elles se soutiennent à la voiture, les jambes tremblantes, chacune d'un côté du pick-up.

«Loooolaaa et Aaaaanaaaa!» hurle le Présentateur.

Les spectateurs les acclament, Anna a l'impression de sentir la chaleur de ces milliers de bouches, leurs haleines tièdes lui donnent la chair de poule, des frissons de gêne mêlés de fierté.

On se connecte aussitôt avec les studios du JT pour «prendre la température», Marie-Ève Langhieri apparaît sur l'écran au-dessus de l'estrade.

«Bonjour tout le monde! Bonjour le public! Et bonjour les *filles*!»

Lola et Anna se tournent vers la caméra indiquée, remuent doucement leur main libre. Il ne faudrait surtout pas bouger trop brusquement et s'évanouir comme une idiote. Anna serre fort ses yeux, surmonte la sensation de vertige due à un éblouissement quand son regard croise le soleil.

«Alors, comment vont nos *filles*? demande Marie-Ève au Présentateur.

— Elles sont là! Elles sont belles! Elles sont fortes! répond le Présentateur qui leur met son micro devant la bouche.

— Ça va, je tiens le coup... dit Anna.

— Je suis là! Je... je vous aime! Encore et toujooooours!» s'époumone Lola.

Acclamations, sifflements, leurs prénoms sont scandés, mais c'est celui de Lola qui l'emporte largement à l'applaudi-mètre.

«T'as perdu, Anna, tu ne peux rien contre moi», lui murmure Lola dès que le Présentateur s'éloigne d'elles pour enchérir:

«Quoi qu'il arrive, désormais, nous savons que le vainqueur sera une femme! Le monde est féminin, le monde leur appar-tieeeeent! Le monde vous apparticccccent Mesdaaaames!»

Marie-Ève approuve, mais prend un ton compassé pour

nous rappeler que chaque année, en Europe, une femme sur cinq est victime de violences causées par des hommes.

« Restons surtout vigilantes, et que la lutte continue ! »

La belle Marie-Ève en revient au « Jeu », demande au Présentateur la raison de cette rampe reliée à l'estrade... ?

« Comme vous le savez, rappelle-t-il, *les clés sont sur le contact* et *le plein a été fait* ! Il suffira donc à la gagnante de démarrer et *de partir directement avec la voiture !* »

A-la-skan ! A-la-skan ! A-la-skan ! scandent les milliers de spectateurs.

Pol-lu-eurs ! Pol-lu-eurs ! Pol-lu-eurs ! répondent les manifestants tenus à distance. Mais leurs voix ne sont plus qu'un faible murmure noyé dans la masse.

« Magnifique, cher ami, magnifique ! s'extasie Marie-Ève. Je me suis laissée dire également que le « Jeu » va se corser... Info ou intox ?

— Absolument, Marie-Ève, absolument. Et là, je m'adresse directement à vous, chères concurrentes. Dans trente secondes, il vous faudra choisir une main, une seule avec laquelle vous toucherez désormais l'Alaskan. À partir de ce moment, *il n'y aura plus de possibilité de changer de main !* Est-ce clair ? Lola ?

— Oui.

— Anna ? Je ne vous entends pas...

Les enculés.

— Oui.

— Parfait, le compte à rebours a commencé. Trente, vingt-neuf...

— Faudra-t-il nous attendre à d'autres surprises ? intervient Marie-Ève.

— Absolument, Marie-Ève. Absolument. »

*

«Madame? La limousine est prête et l'hélicoptère vous attend», l'interrompt Mélanie.

La Reine des abeilles éteint sa tablette.

Elle fait patienter pilote et gardes du corps, savoure le moment volé d'une cigarette au minutage de ses déplacements, le pouvoir de suspendre le temps. Elle est ici, puis elle sera là-bas, et ce soir ailleurs.

Parfois, c'est formidable d'être ce que vous êtes.

Là-bas, sur l'estrade, Anna choisit la main gauche.

*

À l'écart des curieux, Léo observe Kevin depuis le bord de mer. Parmi les surfeurs, il est le plus jeune à se lever sur ces grosses vagues désordonnées.

Et à les dompter avec grâce.

Mais alors, à qui sourit-elle, la chance?

Léo se remet en selle et se rend à la boutique de Tanguy. Cindy lui dit qu'il est absent.

«Je crois qu'il est au «Jeu», ajoute Cindy. D'ailleurs, comment ça se fait que t'y es pas?»

À qui sourit-elle, cette putain de chance?

«Tanguy a laissé une combi pour moi dans la réserve, ment Léo. Il a dit que je pouvais la prendre.

— Ah, ouais? Il m'a pas prévenue.

— Il a dû oublier.

— Elle est comment? demande la fille.

— Une O'Neill, noire à manches courtes.»

Elle pousse le rideau et disparaît dans l'arrière-boutique.

251

Le magasin est désert, ils sont tous à mater ce putain de «Jeu»
et à attendre la fin.

Qu'ils aillent se faire foutre.

Léo s'approche de la vitrine, saisit le *gun* à deux mains et
s'en va.

*

De sa main libre, Anna masse son avant-bras. Elle a pensé
à ça, qu'elle pourrait soulager plus facilement sa douleur
puisqu'elle est droitière.

De l'autre côté, Lola n'est plus visible, elle est à genoux,
prosternée, épaule et bras tendu vers l'objet la révélant à elle-
même et au monde. Anna a décidé de rester debout, de se
tendre au maximum, de rester droite, d'alléger la crispation
par l'extension. Le JT touche à sa fin, on attend d'une minute
à l'autre, un dernier duplex. On enchaînera avec une page
de pub avant la diffusion en continu du «Jeu» jusqu'à
l'élimination d'une des candidates et la célébration de la
gagnante. Sur l'écran géant, les deux noms clignotent en vert:
Lola Zerfi (17) et Anna Loubère (1).

Maintenant, on voudrait que ça cesse.

Le «Jeu» a assez duré.

Quand tu aimes, il faut partir.

Et lorsque Marie-Ève revient à l'antenne, le Présentateur
annonce:

«Lola et Anna *devront retirer un doigt à chaque fois que
retentira un Top!* Le dernier doigt sera le pouce!»

— C'est absolument incroyable! Un final en apothéose!»
s'extasie Marie-Ève.

Suivent une série de publicités.

(Top!)

Gros plans des caméras sur leurs mains apparaissant simultanément sur les écrans :

Anna et Lola renoncent à l'auriculaire.

On n'y pense pas, mais c'est atroce, ce petit doigt qu'on écarte, cette douleur chirurgicale des carpes et métacarpes.

Dix mille personnes en direct du « Jeu ».

16 millions devant leurs écrans.

La douleur monte d'un cran.

*

Léo a enfilé sa combinaison.

L'ancienne qu'il a découpée.

Ce sera son dernier *ride* avec elle.

Il n'est plus un enfant.

Néoprène

Nouvelle peau.

Assis près de son *gun*, au bord de l'eau, pile face à la plage centrale.

Il scrute l'horizon.

Guette la période qui devient plus régulière.

Il attend.

Comme sa mère.

Il espère que ça va tourner.

Le vent. Les vagues. La chance.

Parce que, même avec toute la bonne volonté du monde, tous les efforts qu'on peut faire, il faut de la chance.

C'est là qu'on se met parfois à prier.

*

(Top!)
L'annulaire aussi.
Non plus.
Ne touche plus, ne touche pas. Ce doigt qui, autrefois, portait une alliance. Jusqu'à ce que Luis propose qu'ils s'en fassent un tatouage pour ne plus devoir l'enlever chaque fois qu'ils surfaient. Et maintenant, ça devient l'enfer de garder ce doigt éloigné des autres, ce motif samoan devenu une tache brune sur sa peau à force de faire la vaisselle et de prendre la mer. Avant, il fallait toucher la voiture, maintenant, le moins possible, jusqu'à s'éloigner d'elle et disparaître. Les règles évoluent, s'adaptent aux intérêts dominants. Merci, Mylène Labarque. Puisque c'est comme ça, puisque même ses commanditaires ont jugé le temps long, elle a concocté cette ignominie entre les salades et les fraises bios de son jardin.

*

Et le vœu, parfois, est exaucé.
Le vent tourne subitement, un vent de terre qui sent les pesticides et les nitrates. Les vagues grandissent, se dressent parce que freinées.
Léo se lève, il sait que ça ne va pas durer, que tout ça va se fracasser dans une mer croisée, une confusion météorologique.
Un monde sans règles ni harmonie.
Léo s'est levé et la cherche du regard, le plus loin qu'il peut.
Tu sauras toi-même le jour où tu pourras la surfer. D'une certaine façon, c'est la planche qui décidera pour toi.
Il la voit apparaître et se former, son cœur se gonfle de crainte et d'excitation.

Léo fixe le *leash* sur sa cheville, et pénètre dans l'eau. À moins de deux cents mètres, la vague s'élève lentement comme un dos de baleine paisible, isolée des autres. Aucun nuage ne vient troubler le ciel où planent les cormorans. Plus loin encore, sur la ligne de l'horizon, les chalutiers se déplacent en silence parallèlement à la côte.

La vague grandit.

Elle devient belle.

Lentement, se dévoile.

Elle double sa hauteur.

Tout est à sa place.

Léo rame avec ses bras. Le *gun* est obéissant, le soutient avec légèreté. Léo passe sous la planche pour franchir les vagues qui déferlent, revient en position, continue de ramer.

Les pensées néfastes s'exilent. L'eau apaise. Il lui faudra chercher l'harmonie dans une sorte de lenteur elliptique, exploiter la meilleure trajectoire, en prolonger sa durée. À le voir, comme ça, remonter les vagues en faisant la tortue, on se dit que c'est à la portée de tout le monde. Et, peut-être que le secret en surf comme en toute chose est de nous faire croire cela, que vivre est à la portée de tout le monde.

Le réel. Principe de réalité, Léo.

*

Anna est au supplice, le public se déchaîne, le compte à rebours a commencé. La meute sent ces choses-là. Quand la mort arrive. Quand c'est la fin. C'est bientôt au tour du majeur, et après on dira « pouce. »

De tous, c'est Anna qui le voit en premier.

La mer dans le rétroviseur.

La silhouette qu'elle reconnaît.

Cette planche qu'elle reconnaît.

Tourne-toi vers la mer, maman.

Et son fils s'élance.

Tanguy regarde Anna, se tourne lui aussi, aimanté par son regard. Il lui faut quelques secondes pour faire le lien et comprendre.

Et murmurer : « Léo, non, ne fais pas ça. »

La meute scande « uh-uh-uh-uh-uh ».

Anna se redresse.

Comme la vague.

Le mur d'eau approche.

Quelque chose comme cinq mètres.

(Uh-uh-uh-uh-uh)

Léo rame avec des gestes amples et puissants. Il surprend Kevin dans son dos, et lui vole la priorité. Il crie : « Adieu, connard ! »

Léo s'élance, s'est déjà élancé, il pagaie comme un forcené. Le *gun* paraît presque trop grand pour lui.

Kevin est soufflé, se reprend, hésite. Mais il trouve la volonté de nuire jusqu'au bout, la hargne et la haine : « Va mourir, bouffon ! »

Fuck you, Kevin.

Léo pagaie encore plus fort. Il sent la vie en lui, toute la vie, toute sa force.

Léo se lève.

Kevin se lève.

(Uh-uh-uh-uh-uh)

(Top !)

Anna lâche son majeur.

Le *gun* se soulève sous l'impulsion brutale de la houle, le ventre de Léo se plaque sur le bois de balsa, fait corps avec lui, tout en relevant le buste et tendant les jambes. On pense qu'il va en être éjecté, mais Léo tient, car c'est une planche fabriquée pour cette vague-là exactement, conçue grâce à l'expérience d'un génie du surf et rabotée avec l'intuition et l'amour d'un père. Et Léo sait faire, cette planche est la sienne, depuis toujours. Trois mouvements de bras suffisent, il est en ligne, la poussée est parfaite.

Le premier sur la vague.

Léo se lève.

Kevin se lève.

Léo amorce la descente à une vitesse incroyable. Il pense juste à glisser.

À glisser.

Il y a le plaisir.

Le plaisir l'emporte sur la peur.

Léo prend de la vitesse, freine en mettant du poids sur le pied arrière, enchaîne en appuyant sur le rail intérieur au bas de la vague pour se projeter vers le haut.

Kevin est là et le talonne. Il compense le handicap de sa planche plus petite avec son talent, *mais c'est moi qui surfe un gun, connard* : Léo s'accroupit et reprend un maximum de vitesse avant de casser sa trajectoire avec un nouveau virage. Les dérives stables du *gun* le maintiennent en ligne. Kevin est pris à contre-pied, Léo se joue de lui, reprend de la vitesse et le dépasse à nouveau.

Glisse, Léo, glisse et envole-toi !

Kevin reste dans son sillage. Et là, dans son dos, il réussit un truc vraiment difficile, une figure de pro, contrôlant sa planche sur sa lèvre, ce qui le propulse au-dessus du déferlement et lui permet d'arriver à la hauteur de Léo, épaule contre épaule au moment de la réception au bas de la vague.

Les deux adolescents croisent leur regard, une étincelle de connivence malgré eux, on aurait juré les voir sourire.

L'étincelle meurt et retourne dans l'oubli.
Kevin ne peut plus rien.
Plus rien ne peut te retenir, Léo.
Il a perdu.
Tu as gagné.
Envole-toi, Léo.
Dans tes rêves, mon ami.
Tu es bien naïf.
Ce gars-là t'en veut à mort.
Personne ne doit s'envoler.
Personne.
Tu restes ici, avec lui.

Kevin donne un léger coup avec son épaule droite, une infime rotation du torse qui, décuplée par la vitesse, fait décoller Léo de sa planche, tête en avant. Léo est pris dans la vague comme dans une essoreuse, aspiré et projeté violemment sur le fond sablonneux, perdant tout repère. La fameuse « machine à laver ».

*

Léo disparaît de la surface.
Et Anna comprend.
L'index lâche.
Le pouce lâche.
L'alarme retentit.
Même Lola n'y croit pas.
L'alarme hurle.
Anna voit rouge.

Le public s'est tu, regarde, hébété, Anna faire l'impensable : sauter dans l'Alaskan, tourner la clé et démarrer. Lola fait corps avec la voiture, ne la lâche pas, ne veut plus la lâcher.

«Elle est à moi! À moi, salope!» Lola est traînée sur quelques mètres, s'écorche les genoux et tombe de l'estrade.

Anna braque le volant et emprunte la rampe d'accès, la foule se désunit et s'écarte. Anna la coupe en deux, et la mer s'ouvre.

La mer s'ouvre.

Anna accélère, fonce sur la piste de secours menant à la plage. Le moteur vrombit, c'est de la bombe, ce truc, les gros pneus se jouent du sable, on dirait qu'ils s'amusent de rouler enfin.

Derrière le pare-brise, les rares baigneurs s'écartent, insultent cette folle qui coupe la plage au volant de son monstre. Elle roule sur une serviette, écrase un château de sable.

Anna arrête la voiture au plus près du bord, bondit à l'extérieur. Le *gun* est réapparu à la surface, mais pas Léo. Elle ôte son pull, se jette à l'eau. La planche flotte à une cinquantaine de mètres, Anna libère toute l'énergie, toute l'immobilité contenue depuis des jours, toute sa rage et son orgueil mutilés, rassemble et déploie les dernières forces qui lui restent.

Elle n'a pas peur, elle connaît ces vagues qui la recouvrent, elle n'a pas peur pour elle.

C'est quoi deux minutes dans une vie?

Parfois, c'est toute une vie en deux minutes.

Le temps qu'il a fallu à Anna pour quitter l'estrade, rejoindre la planche, inspirer à pleins poumons et suivre le *leash* avec sa main jusqu'à repérer Léo flottant entre deux eaux.

Anna est une sirène, une baleine à bosse, une orque. Elle pourrait rester des années ainsi sans respirer. Elle s'enfonce encore, hisse Léo par les aisselles, et quand ils émergent, le *gun* est toujours là, au bout du *leash*, patient et fidèle.

Entier.

Solide.

Le visage de Léo est congestionné, Anna le retient d'une main, monte sur la planche et le hisse de travers, tirant de

259

toutes ses forces sur la combinaison qui se déchire. Elle enfonce son poing dans le plexus de Léo qui revient à lui, vomissant l'eau de mer, reprenant son souffle en toussant et crachant.

Anna regarde derrière elle, la vague suivante se casse et déferle vers eux. «Mets-toi en ligne, allez! Tu y arrives! Léo!»

Léo s'allonge comme il peut sur la planche, sa mère se couche sur lui.

«Bouge pas, on y va comme ça!»

Il y a tous ces gestes qui lui reviennent, tendre son dos, pagayer en roulant des épaules, la tension qu'elle met dans son bassin, le bas du dos et les jambes qu'elle soulève pour ramer plus vite. Il y a Léo à 4 ans assis à l'avant de la planche, et Anna qui se lève et surfe dans la mousse en ligne droite vers la plage. Il y a le rire de son enfant et celui de Luis qui les attend les pieds dans l'eau.

Ça lui fait mal. Ça la soulage.

Les larmes se mélangent à l'eau.

Retrouver ces gestes, les reprendre depuis le début.

Là-haut, les dieux hawaïens de Lono et Nu'akea.

Le vent et la houle.

Il faut aimer le sel.

L'eau.

Le vent.

Cet instant-là est une joie féroce effaçant tout le reste.

Le camion, les poulets.

La brûlure.

Cette fin de vague les ramène lentement vers la plage, écrasés l'un sur l'autre, le mouvement du ressac les dépose avec douceur sur le rivage.

Le *gun* racle le sable et s'immobilise.

Anna prend son fils par les épaules et le serre dans ses bras. Léo se laisse aller à l'étreinte de sa mère.

Et quand Anna lève les yeux, la foule, toute la foule, la foule entière s'est rassemblée sur la digue suplombant le bord de mer. Des milliers de regards silencieux la scrutent alors qu'elle serre le corps de son fils contre son sein comme une *pietà*.

Deux, dix, puis cent, puis mille mains se mettent à applaudir. Sobrement, sans cris ni hurlements. Même au sommet de sa petite gloire d'autrefois, Anna n'a jamais eu autant de personnes pour l'applaudir.

Toutes les mains sont une merveille.

Si stupide soit l'existence.

À l'écart du monde et d'une limousine aux vitres teintées, entourée de ses gardes du corps, une femme aux cheveux longs et gris la regarde et lui sourit.

Et l'applaudit, elle aussi.

Car cette femme-là ne perd jamais, jamais vraiment.

Anna tourne le dos à la foule, tourne le dos à cette silhouette aux cheveux gris, et protège ce qui lui reste d'elle-même.

« Ça va aller, Léo. Tout va bien se passer. »

Léo lui sourit.

« On a gagné, alors ?

— Bien sûr. »

Elle s'accroupit, prend la main de son fils et se cale sous son épaule.

« À trois, on se lève, d'accord ? »

CE CORPS SOLIDE
A ÉTÉ ACHEVÉ D'IMPRIMER
EN MAI DEUX MILLE VINGT-DEUX
PAR L'IMPRIMERIE FLOCH À MAYENNE.